La collection

L'ÈRE NOUVELLE

est dirigée par

Pierre Karch

Dans la même collection

André Berthiaume, *Presqu'îles dans la ville*

André Brochu, *L'Esprit ailleurs*

André Carpentier, *De ma blessure atteint, et autres détresses*

Pierre Chatillon, *La Vie en fleurs*

Collectif, *Complément d'objets*

Anne Dandurand, *L'Assassin de l'intérieur / Diables d'espoir*

Anne Dandurand, *Petites Âmes sous ultimatum*

Diane-Monique Daviau, *Dernier Accrochage*

Claire Dé, *Chiens divers (et autres faits écrasés)*

Jean Désy, *Un dernier cadeau pour Cornélia*

Daniel Gagnon, *Circumnavigatrice*

Gérard Gévry, *L'Esprit en fureur*

Robert Gurik, *Être ou ne pas être*

Pierre Karch, *Jeux de patience*

Daniel Sernine, *Nuits blêmes*

Carnet
sur la fin possible
d'un monde

La publication de ce livre a été rendue possible grâce à l'aide financière du Conseil des Arts du Canada et du ministère des Affaires culturelles du Québec.

©
XYZ éditeur
C.P. 5247, succursale C
Montréal (Québec)
H2X 3M4

et

André Carpentier

Dépôt légal: 3ᵉ trimestre 1992
Bibliothèque nationale du Canada
Bibliothèque nationale du Québec
ISBN 2-89261-069-9

Distribution en librairie:
Socadis
350, boulevard Lebeau
Ville Saint-Laurent (Québec)
H4N 1W6
Téléphone (jour): 514.331.33.00
Téléphone (soir): 514.331.31.97
Ligne extérieure: 1.800.361.28.47
Télécopieur: 514.745.32.82
Télex: 05-826568

Conception typographique et montage: Édiscript enr.
Photographie de l'auteur: Achème

André Carpentier

Carnet
sur la fin possible
d'un monde

Il faut sans doute que j'aille quelquefois à votre fantaisie; mais il faut que j'aille quelquefois à la mienne [...]
Denis Diderot

Je veux partir avec vous dans l'ombre du soleil [...]
Dominique Charmelot

Le champ du potier

Alors Judas, qui l'avait livré, voyant qu'il avait été condamné, fut pris de remords et rapporta les trente pièces d'argent aux grands prêtres [...] il se retira et s'en alla se pendre. [...] Après délibération, [les grands prêtres] achetèrent avec cet argent le «champ du potier» comme lieu de sépulture pour les étrangers.

Matthieu XXVII, 3-7

Il me semblait que j'étais à la fois dans le grenier et, tout au loin, dans la solitude de l'avenir.

Gabrielle Roy

D'abord, deux choses. Voici des événements dont je ne sais s'ils méritent d'être rapportés, en outre parce qu'on ignore ce que leur récit recèle de vérité et d'invention, et puis parce qu'on se demande chaque fois à quoi peut bien servir d'en répéter les détails et les circonstances. Aussi, pour entrevoir l'allure des vicissitudes auxquelles il sera ici fait allusion, je propose de prendre en compte la figure de l'ellipse, qui omet certains termes pour condenser la signification sur ceux qui subsistent; je dois, de fait, garder pour la fin de l'histoire la révélation de quelques étrangetés dont j'ai seul, à cet instant, le secret; sans quoi on n'aurait plus raison de m'écouter, et moi de raconter.

Cette histoire veut s'appliquer à relater l'essentiel des péripéties de la seconde tranche de la vie d'Hébert LaMarche, cet ancien maire de la Métropole dont le nom est resté gravé dans l'histoire de la Province en raison du caractère énigmatique de sa disparition. Hébert LaMarche, citoyen prestigieux, quatre décennies faites, s'échappa en effet volontairement de la Métropole où il s'était trop inutilement agité, disait-il, comme poisson dans un bocal.

Hébert LaMarche, jusqu'au jour de ses quarante ans, avait toujours vécu dans l'instant, trouvant sa joie dans sa propre virtuosité, dans son pouvoir de séduction. Hâbleur en amour, retors en politique, il n'imaginait pas que les mots lancés par lui dans l'éphémère puissent avoir, dans la réalité politique ou amoureuse, une existence durable et remplie de conséquences. Il s'était créé un univers parallèle dominé par le pouvoir instantané du langage. Or, le jour même de son quarantième anniversaire, surpris, choqué par le décès subit d'une mère intimement chérie, mais incessamment négligée — pour mille raisons excellentes mais impardonnables —, il s'arrêta pour faire le sous-total de la première moitié

de sa vie; il constata alors que le marbre de sa statue était friable, presque sur le point de se désagré-
ger, et il prit la décision, sans avertissement et sans
appel, de troquer son passé pour un avenir, de quitter immédiatement tout ce qui paraissait le définir
et auquel il comprit qu'il ne tenait pas tant qu'il
l'avait cru.

Mais je vois que je m'en vais chercher plein de
détails qui veulent expliquer les mobiles du personnage; et ce n'est pas là le ton que je veux donner à
ce récit. Contentons-nous donc d'ajouter que le
maire LaMarche, avant son départ, loua à gros prix,
aux quatre coins de la ville et en son centre, des
enseignes lumineuses sur lesquelles il fit inscrire
ces mots: Ma ville, quand je croise ton œil avide, je
vois bien ce dont je veux faire abandon. Il signa de
son titre de maire de la Métropole, puis, juste au
moment où la lune passait entre la terre et le soleil,
il s'enfuit comme un voleur décidé à ne rien emporter dans son sac. C'est donc sans remords qu'il
abandonna tout, estime et considération, notoriété,
pouvoir, pour aller s'établir en ermite dans une île
écartée de l'océan Indien ou de la Polynésie, peu
importe.

L'île, il n'eut pas à la choisir; elle s'imposa d'elle-
même. Un jour qu'il en avait assez de courir d'une
île à l'autre sans jamais parvenir à se toquer d'aucune, il la trouva simplement sur son chemin. De
fait, il l'aborda à la faveur de l'impression créée sur
lui par un extraordinaire monument anthropomorphe tracé naturellement dans l'escarpement d'une
falaise morte. Il faut bien comprendre, ici, que ce
n'est pas tant le phénomène physique, la curiosité

naturelle qui l'éblouit — après tout, il en avait vu d'autres —, mais plutôt quelque chose d'indéfinissable, d'imperceptible même, qui paraissait le concerner intimement, et qui prenait figure d'énigme. Hébert LaMarche s'attendait d'être mal reçu sur l'île élue; étrangement, l'accueil fut contraire. Il espérait des insulaires peu d'égards mais beaucoup de réserve; on le bombarda de l'attitude inverse. Il y trouva en effet des femmes au profil de camée et des hommes plutôt ardents à la détente qui l'agréèrent avec les meilleures pompes de leurs festins et de leurs parures; le tout accompagné d'une ferveur, pour ne pas dire d'une frénésie tout à fait inexplicable.

Le maire LaMarche, on le comprendra, fut fort surpris de cette réception; mais ce constat étonné n'était rien à côté de l'éblouissement des insulaires qui reconnaissaient, chez ce nouvel arrivant, des traits de visage tout à fait semblables à ceux du personnage de la falaise qui leur servait d'idole; ils en furent intimement et collectivement troublés. Cela, en un rien de temps, conféra à l'ancien maire de la Métropole une aura toute particulière et une immunité digne d'un envoyé des dieux. Bien sûr, Hébert LaMarche n'allait pas ne pas se prévaloir de cette hébétude pour s'installer en demi-dieu parmi les gens de l'île.

Au cours des premières années, les insulaires l'appelèrent simplement l'Homme de la falaise, ce qui ne voulait pas rien dire, ou l'Homme de la grotte, car il avait établi demeure dans une cavité naturelle creusée dans le rocher cultuel. C'était une caverne compliquée de couloirs enroulés, débouchant, par un bout, sur le plat de la falaise, qu'il s'acharnera durant des années à transformer en champ fertile. À l'autre extrémité, le domicile béait sur l'océan, par la forme de deux triangles renversés, du côté où le soleil simule à chaque fin de jour de tomber à la mer; ces ouvertures, telles des orbites, donnaient précisément au milieu d'un surplomb qui, perçu de face ou de profil, formait le front et le nez du gigantesque personnage affronté à la mer. La partie inférieure de l'escarpement continuait cette face plutôt séduisante et l'amorce du buste. Hébert LaMarche voyait donc la plage et la mer par les yeux de la face sacrée et tutélaire de la falaise.

Quelques années après son arrivée, les insulaires rebaptisèrent l'Homme de la grotte; on l'appela le Potier, pour la raison que, dans un recoin de son logis où la voûte s'élevait en coupole et s'achevait en cheminée, tout au bout d'un très long et très étroit couloir où le plafond décoiffait le marcheur et lui grattait le cuir chevelu, Hébert LaMarche avait aménagé un atelier de poterie avec établi et four. Là, il voguait l'argile et modelait des tables en forme de livre ouvert sur lesquelles il gravait, avant de les cuire, des fragments d'histoires inventées, des relations, des pensées témoignant de sa nouvelle harmonie avec la nature et avec lui-même. Généralement, il donnait ces tables aux insulaires; d'autres fois, quand les signes gravés lui paraissaient trop intimes, il les conservait par-devers lui dans un réduit plus reculé encore, qu'on n'atteignait qu'en marchant sur les mains et les genoux.

Durant les premières années, Hébert LaMarche, ça paraissait lui convenir d'être ce qu'il était devenu.

Le matin, il moulait l'argile et gravait des phrases, profusément; l'après-midi, il travaillait la terre dans son champ; après le repas du soir, il relisait et corrigeait les inscriptions des derniers jours, parfois il chauffait le four. En ce temps-là, l'écriture lui était salutaire: J'écris pour étreindre l'existence et pour en épuiser les possibilités, burinait-il; et on dirait que je comprends mieux cette émotion qui m'illumine de fond en comble depuis que je me suis dérobé au regard des êtres. Ses seules passions consistantes, c'étaient la conscience de lui-même et l'observation de la nature. Hébert LaMarche, dit le Potier, on aurait dit que chaque parcelle de son être recevait ou émettait des éclats lumineux; pour la première fois depuis l'enfance, il lui paraissait possible et utile d'accéder à l'état réel des choses. Il vivait quasi heureux dans un paysage composite si englobant, si solide aussi que cela faisait paraître que rien ne pouvait se produire sans l'assentiment de la nature; cette impression, qui sait? elle n'était peut-être pas si fausse...

Puis le temps passa, formant d'autres années, puis des décennies; on remarqua les infinis changements qui accablent invariablement les personnes, mais rien qui concerne la nature. Or, un jour que cela faisait presque quarante ans que le maire LaMarche s'était exilé, ce qui lui faisait quasiment quatre-vingts ans, le Potier entreprit de montrer des caprices et des sursauts d'intolérance qui le rendaient de plus en plus difficultueux au regard des envoyés du village. Ce comportement incompris, qui mettait trop de sévérité dans l'humeur, commençait même d'user l'attendrissement des insulaires à son

égard. On aurait dit que le Potier voulait lasser la
tolérance dans laquelle on l'avait établi. Or, il arriva
que cette mauvaise séquence aboutit à une colère
que certains notables jugèrent injustifiable.

Ce matin-là, l'anniversaire de son arrivée dans
l'île approchant, il se rendit lui-même, exception-
nellement, au village porter deux tables sur lesquelles il avait gravé quelques réflexions simples
malgré qu'élevées, des pensées de la maturité éclairée. Il constata alors, ce qui le laissa un temps aba-
sourdi, que les insulaires avaient recouvert leurs
cabanes de ses tables pour se protéger contre les
éléments; il vit, embronchées, la tête en bas, quarante années d'écriture et de méditation. La stupeur
passée, il s'abandonna à une poussée de colère; se
faisant un fouet de corde, il sortit les insulaires de
leurs cabanes, culbuta leurs meubles et dispersa
leurs biens, il renversa quelques maisons et chassa
les animaux du village. Il jeta les tables qu'il tenait
en mains et les mit en pièces. Il dit : Ne vous ai-je pas
inculqué le respect des propos du sage! Ils deman-
dèrent à quelles paroles il faisait allusion; il montra
les tables et leurs inscriptions. Au regard ahuri des
insulaires, il comprit qu'il avait omis de leur enseigner à lire sa langue.

Durant la harangue emportée qui s'ensuivit,
quelques notables, qui avaient statut de prêtre ou
de sorcier, voulurent faire périr le Potier, car les
insulaires entendaient ses propos d'une oreille soudainement attentive et craintive. Ils n'osèrent pas
attaquer le vieillard de face, mais quand celui-ci les
planta là pour retourner méditer dans sa grotte, ils
entreprirent de fomenter une révolte; il fut décidé

qu'à douze ils élimineraient le Potier d'ici à trois jours. Ils commencèrent par troubler subtilement son organisme en gâtant sa nourriture avec des poisons végétaux. À compter du lendemain, quand il riait, Hébert LaMarche, on croyait entendre aboyer les chiens; quand il pleurait, ça mimait encore les bêtes. Puis on ne l'entendit plus ni rire ni pleurer, mais seulement geindre dans l'écho bouleversé de l'idole. Certains traits de son enfance reparaissaient sous ceux de la vieillesse et de la folie réunies. L'effarement d'esprit le rendait tragique. Puis de nouveaux comportements inadéquats prirent sur son imagination un empire immédiat; il se coupa radicalement des insulaires, refusant maintenant leur présence et leurs présents, donc leur nourriture. Craignant alors qu'il aille se remettre dans un état physique propice à une meilleure conduite de lui-même, les douze résolurent d'aller dans la caverne l'assassiner en simulant un accident. Ce qu'ils firent le soir même sans rencontrer trop d'embûches. Après l'avoir assommé de plusieurs coups, ils tirèrent le Potier dans le réduit aux tables et firent s'écrouler sur lui ses pages les plus intimes. Puis ils retournèrent dans leur village à la faveur d'une éclipse; car la lune passait justement dans l'ombre projetée par la terre.

On ne découvrit le corps du Potier que le surlendemain, après des heures d'inquiétude et de supputations. Les insulaires convinrent de ne pas déplacer le corps, de le laisser sous le poids de ses signes; ils obturèrent le couloir d'accès avec des pierres et du mortier, puis décidèrent de remplacer l'inhumation par un défilé processionnel sur la plage, devant la falaise, comme dans le temps d'avant le Potier.

C'est ici que s'inscrivent quelques faits étranges capables de féconder bien des esprits...

D'abord, quand la procession arriva sur la plage, on découvrit des figures marquées en creux dans le sable, et que le ressac n'effaçait pas. On y reconnaissait la face des douze notables qui marchaient en avant, l'air faussement solennel. Tous comprirent le sens et l'essence de ce signe; la nature aimait Hébert LaMarche. Sous les pressions de la foule, les douze marchèrent unanimement vers l'océan, puis dans l'océan qui se referma sur eux. On ne les regretta pas.

Ensuite, les insulaires continuèrent de cheminer jusque sous l'idole; pour la première fois depuis des décennies, ils voyaient la falaise en contre-plongée. Ils crurent alors constater que le personnage se découpait et se redéfinissait à chaque instant au caprice de la lumière. Mais ils remarquèrent surtout, pour une seconde fois, combien les traits de la falaise et ceux du Potier étaient comparables; pourtant, le Potier avait bien vieilli de quarante ans depuis son arrivée dans l'île... Au long des décennies, à force de faire usage des lieux, le Potier avait vieilli sur le modèle de la falaise. Ah! mais je dis les choses à l'envers; il faut bien entendre, ici, que la falaise anthropomorphe avait calqué son profil sur celui, vieillissant, du Potier. Mais je ne dis pas encore ce qu'il faut dire: en fait, le vent, l'eau salée avaient érodé et creusé la masse de calcaire sur le modèle du vieillissement du Potier, et dans le même rapport de décomposition.

On dit même que, dans les jours qui suivirent, le profil de calcaire commença de s'effriter et qu'au bout de quelques mois la falaise tout entière s'effondra. Après quelques années, l'herbe recouvrit le tout pour reformer le champ du Potier.

Joseph K... inquiété
par un atermoiement *

> Mes histoires sont une manière de
> fermer les yeux.
>
> Franz Kafka

> Et il est bien évident qu'il ne pou-
> vait voir la nuit puisqu'il était fait
> de carton.
>
> Lewis Carroll

C e jour, le temps est sale et mouillé lorsque
Joseph K..., fondé de pouvoir d'une banque,
arrive à l'université, inquiet de la journée qui l'attend. Il se trouve très fatigué, car il a passé la nuit à

---

* Les centons et passages adaptés de Franz Kafka et de Lewis Carroll
sont tirés des éditions Le livre de Poche [1957], pour *Le Procès*, et
Marabout [1963], pour *Alice au pays des merveilles*; les traductions
sont respectivement d'Alexandre Vialatte et André Bay.

étudier une science des signes pour se remettre au courant d'une matière qu'on lui demandera peut-être d'enseigner le jour même, qui sait? Comme il ne connaît pas les coutumes de l'institution, il a pensé qu'il valait mieux se préparer à toute éventualité.

Dès son arrivée dans un des édifices, n'importe lequel, de toute façon, il ignore qu'il y en a plusieurs, K... est intercepté au milieu de la foule déambulatoire par deux gardiens de sécurité qui lui demandent de s'identifier en le tenant gravement en joue avec un walkie-talkie. K..., d'abord amusé, fouille dans toutes ses poches, sauf dans celles où il sait par expérience qu'aucun document officiel ne s'y peut trouver, et finit par mettre la main sur un permis de sous-marin au bicarbonate de soude; ce précieux bout de papier, récemment arraché à une boîte de céréales, lui rappelle son enfance parmi trois sœurs, autant de langues et de religions. « Que voulez-vous ? demande K...

— Nous ne sommes pas ici pour vous le dire, lance l'un; la procédure est engagée, dit l'autre; vous apprendrez tout au moment voulu, ajoute le walkie-talkie. »

Puis K... se voit remettre trois copies d'une note de service par laquelle on lui fait l'obligation de se présenter au secteur Langue, Signes et Narration où il est attendu depuis longtemps pour évaluation. Mais le papier a été trop vite arraché de l'imprimante: il manque les raisons et les conditions de ce jugement sur sa valeur, le nom de l'expéditeur et son numéro de local, la date et l'heure du rendez-vous, même l'édifice où il doit se présenter. « Mais quelles raisons aurait-on de m'évaluer, moi? Et à quels critères veut-on me soumettre? Conduisez-moi, dit-il, à qui vous commande.

— Quand on le demandera, pas avant, fait la voix du walkie-talkie.»

Et Joseph K... de se retrouver seul sous son chapeau melon à coquette inclinaison, au milieu d'une place qu'il interprète comme une agora. Il aurait bien besoin d'être encouragé en ce moment. D'un côté, des jets lumineux s'infléchissent dans des bassins, des cascades et des verrières; de l'autre, des couloirs, des escaliers et des ascenseurs appellent l'effectuation d'un geste. S'autorisant de la règle selon laquelle les décideurs trônent au plus près du ciel, K... se précipite dans une cabine d'ascenseur dont les portes viennent de s'ouvrir. On entend un timbre imitant une clochette, les portes dentifères se ferment, puis la cage habitée s'élève vers les étages. Dans les premiers instants de la poussée, il aperçoit, dans un coin, une secrétaire qui griffonne à vive allure des signes sténographiques. Elle le reconnaît: «Ah! monsieur K...», dit en souriant Mlle de Crayoncourt...

En un rien de temps, ils sont rendus à un autre étage, entre une buvette, un banc de bois et un plan d'évacuation en cas d'incendie. Ce recoin est complété par une fenêtre panoramique, mais ils ne s'en aperçoivent pas; en cette saison, l'extérieur ressemble trop à l'intérieur. «J'ai bien entendu parler d'une réunion d'évaluation vous concernant, monsieur K..., et je crois en avoir noté le lieu et la date, mais je ne m'en souviens plus; vous savez, j'inscris tellement de choses! Je crains sans cesse que mon HB à mine tendre ne s'use complètement avant la prochaine distribution; voyez comme il est déjà près de disparaître dans mon poing. Vous savez, ça n'aura lieu qu'en mars prochain.

— L'évaluation... en mars qui vient!

— Non, la distribution des crayons. Votre évaluation, ce sera l'an prochain, ou c'était le mois avant-dernier, je ne sais plus.

— Mais que veut-on mesurer au juste: mes connaissances, mes talents d'orateur, d'administrateur, mon caractère, ma faculté d'intégration, l'originalité de ma recherche scientifique? Veut-on me garder ou me chasser d'où je ne suis?

— Vous vous conduisez pis qu'un enfant. Que voulez-vous donc? Vous imaginez-vous que vous amènerez plus vite la fin de cette évaluation en discutant avec moi? Je ne suis qu'une subalterne, vous savez.»

Elle note au fur et à mesure leur conversation et sans doute d'autres détails de conduite; c'est du moins ce que K... croit deviner. «Mais que veut-on que je fasse, maintenant? Où dois-je aller? dites-moi.

— Revenez après-demain, il y aura moins de monde, note-t-elle sans le dire.

— Mais ce sera dimanche! dit-il, penché sur son épaule.

— Tant mieux, ça ne vous dérangera pas dans votre... recherche.»

Puis elle disparaît dans l'ascenseur en marquant le milieu de la dernière page d'un «30» en chiffres arabes.

K... est planté là depuis une minute lorsqu'une rumeur d'enfants le sort d'un songe érotisé dans lequel Mlle de Crayoncourt et lui se saisissaient les lèvres, et davantage. Dans le corridor, des enfants font une ronde autour d'un homme ressemblant à Einstein âgé. À cet instant, un grand rigide aux manières glissantes, qui montre une façon typique d'être atypique, arrive en trombe par l'escalier pour consulter le plan d'évacuation. C'est le poète Saint-Jean Ruth qui, en passant près de K..., lui chuchote à l'oreille: «Vous venez d'apercevoir le Professeur Onzenfants, avec sa marmaille; il n'est pas dit qu'il ne vous aiderait pas, en la circonstance, même s'il n'aime généralement que les enfants.» Mais en peu de temps, tous s'effacent du corridor, le poète, le Professeur, les enfants, sauf K..., qui continue d'avancer dans le couloir, entre des portes qui ont toutes l'air de celles de cabinets de débarras. Il en ouvre une au hasard et se retrouve dans une cabine téléphonique; il saisit le récepteur et compose le zéro: «Allô-allô! Qui êtes-vous, que voulez-vous?

— Je suis Joseph K... et je cherche le secteur Langue, Signes et Narration, lance-t-il promptement.

— Et où êtes-vous présentement?

— Euh... je ne saurais dire au juste.

— Eh bien... Je vous comprends de vouloir vous rendre en un lieu nommé! Mais je ne saurais, comme ça, tracer un plan qui permette d'aller de nulle part à quelque part... À propos, monsieur K..., je vois que votre rendez-vous avec le Comité d'évaluation est toujours sans date; vous savez que certains de ces gens-là sont partis en vacances, que d'autres ont été mutés ou poussés à la retraite prématurée. Cela sent l'atermoiement illimité!

— Mais que dois-je faire, alors?

— Adressez-vous aux Fonctionnaires perdus...»

Elle raccroche. K... s'en va entrouvrir la porte du bureau d'en face. Un vieux discoureur, à côté d'un portrait de lui-même en jeune prof, y répète une envolée face au mur. Son corps est le contraire de féminin, et son esprit très peu masculin; il a les yeux couleur de varech: «Sachons donc retrouver le vertige de la lutte contre l'inexistence, tel que l'ont ressenti ceux qui ont abordé l'existence par son insignifiance: Cioran, Perros, Pessoa, Archambault... Qui êtes-vous?

— Je me nomme Joseph K... et je cherche... eh bien, soit le secteur Langue, Signes et Narration, soit un membre du Comité d'évaluation, soit Monsieur Onzenfants ou bien les Fonctionnaires... oubliés.

— (Les Fonctionnaires perdus, vous voulez dire...) Oh! mais, c'est que je souffre d'une dilatation hyperbolique du moi, moi, monsieur! Me croyez-vous donc capable de vous conduire vers quelqu'un d'autre que moi-même! Quant au Comité d'évaluation, j'en suis sorti depuis qu'il y faut juger les autres sans plus les comparer à soi-même.»

Alors K..., la tête basse, reprend sa route qui n'est pas un itinéraire. «Vous sortez de chez Don Moisan», lui lance alors une âme charitable mais compliquée. Cette belle intelligence, c'est un phare, disent certains, mais il aveugle davantage qu'il n'éclaire. «Vous savez ce qui désole son entourage? Un petit succès pédagogique, disons de quartier, à peine! le grossit si bien, à force d'y prêter attention, et bloque tellement ses meilleurs usages, manque de se prolonger, qu'il fait de quelques mots, vous l'avez entendu, toute une gloire, et de cet encensement une marque de commerce...» K... profite d'un instant d'inattention du péroreur — «... et ce bruit prend figure de raison, et sa raison se tait...» — pour se dérober par trois couloirs et un escalier aux rampes arrachées. Mais il ne trouve, au bout de la course, qu'un nouveau corridor investi de portes. Là, un filiforme à la triste figure, armé d'un bout de rampe d'escalier, observe le mouvement des aiguilles d'une horloge murale. K... craque un sourire, mais l'autre ne se déride pas d'un pli. «Mon nom est Molino de Viento, si comme les autres vous voulez tout savoir. J'examine cette machine depuis des jours; ses ailes tournent inégalement à une cadence lente mais parfaite. Je postule qu'il y a un vent doux et régulier dans cette institution.» K... demande: «Votre nom signifie-t-il que vos ancêtres venaient de Viento?»; et l'autre de répondre: «Ils sont venus avec l'aide du *viento*.» K... ne comprend pas parce qu'il ne sait pas que *viento* veut dire vent et *molino*, moulin. Puis ils s'examinent un temps, attentifs au tapage du silence, à la fuite de l'immobilité, à la persistance de l'identité. Ils voient dans le regard l'un de l'autre que l'existence ne s'interrompt en nul temps, encore moins ne s'abolit, qu'on n'est jamais parfaitement présent à soi-même en même temps que jamais présent qu'à soi-même. Leurs mains se tendent sans se toucher, mais chacun déborde dans l'énigme de l'autre, qui réclame une présence... chacun en ses mots.

Plus loin dans le même corridor, K... croise enfin le Professeur Onzenfants au milieu de sa ronde d'élèves. «Je suis égaré, Monsieur; on m'a dit que vous m'aideriez à choisir le bon cheminement dans la maison.

— Mais cette difficulté est inabordable si on ne nous donne de choix multi... multi...

— ... ples, crient les enfants, des choix multiples, hourra!»

Tiens! pense K..., il lui est exclu, comme à moi, d'émettre le... enfin, la seizième lettre de l'alphabet, qui débute le mot familier pour désigner l'ascendant direct. «Je cherche, grand a, le secteur Langue, Signes et Narration, ou mieux, grand b, le Comité d'évaluation, ajoute K..., à défaut de quoi, grand c, je me contenterais des Fonctionnaires... égarés.» Vite, les enfants se partagent entre les trois réponses, ce qui n'avance personne. «La question est mal formulée, dit le Professeur: tous les choix sont bons... Il faudra demander de l'aide ailleurs... Tenez, j'ai vu tantôt une jeune fille, nommée Alice, avec un drôle d'animal sous le bras, et qui se demandait si elle n'était devenue une autre. Il me semble qu'elle avait ce qui vous manque: une curiosité tournée vers l'extérieur.»

Sur le parcours de K..., généralement derrière des portes, se trouvent encore une terroriste qui inscrit, à la bombe, des graffiti qui font éclater de rire; un jeune prof, beau mais impuissant, que les étudiantes appellent le Beau au bois dormant; un savant qui fait des biscuits au sel avec l'air d'inventer le soufflé; une désespérée, raide comme un cierge baveux, qui va se cogner contre les fenêtres. K... est suivi au pas, dans ces fragments de recherche, par l'éminent professeur Tremendous Footnotes, qui met partout des notations de longueur variable relatives à des segments plus ou moins déterminés de la conversation. Cet insortable, c'est un penseur dissocié qui a sur lui-même l'opinion d'en avoir plus que les autres et qui montre une pensée si lourde que ça le rend étranger à tous. On ne saura pas pourquoi il demandera soudain : « N'est-ce pas le désir qui arrange les mille connexions traversant le réel, qui en agence les détails virtuels et les fait accéder à la réception ? N'est-ce pas par le désir qu'advient le réel ? » K... le laisse foncer seul dans sa distraction véloce et se sépare du notateur à un carrefour de couloirs en se disant qu'il préfère encore les coucheurs et mauvais rhéteurs aux rhéteurs et mauvais coucheurs.

Beaucoup plus loin, c'est-à-dire presque au même endroit, derrière une certaine porte, K... entend pousser des soupirs. Il frappe et ouvre, ou le contraire. Dans le réduit, un écrivain, penché sur un de ses propres livres, sans images et sans dialogues, se relit la plume en l'air. « Que faites-vous donc là ? demande K..., dont l'émotion précipite le débit.

— Mais... je me souffle des encouragements au travail, tout simplement. »

Sur ces mots, l'écrivain échappe la plume qui se plante dans le linoléum, d'où il ne peut la retirer, pas plus que K..., d'ailleurs, qui se mêle de l'affaire. Puis arrive une jeune fille, à la fois grande et petite, qui porte un lapin blanc aux yeux rouges sous le bras, et qui se penche sur la plume et la retire du plancher avant d'écrire sur le mur cette phrase apprise : *Toute personne qui mesure plus d'un kilomètre doit quitter l'Université.* Plus tard, il viendra à l'esprit de K... qu'il aurait dû s'étonner de ces mots, mais sur le moment, cela lui semble naturel.

Le regard d'Alice rencontre alors une boîte sous la table ; elle l'ouvre et trouve un gâteau sur lequel les mots «Mange-moi!» sont écrits avec des raisins secs. Elle grignote un morceau. Elle a la stupéfaction de s'apercevoir qu'elle garde la même taille. «C'est généralement ce qui arrive quand on mange un gâteau, dit l'homme de plume. Mais qui êtes-vous donc?

— Je... je ne sais pas trop pour le moment, en tout cas, je sais qui j'étais quand je me suis levée ce matin, mais je crois avoir changé plusieurs fois depuis.

— Que voulez-vous dire? Expliquez-vous!

— Je ne peux pas m'expliquer *moi-même*, voyez-vous, dit Alice, parce que je ne suis pas moi-même.

— Je ne comprends pas, dit l'homme de lettres, mais je note quand même. Ces petites choses sont la voie d'accès à un début de compréhension du monde.»

Alice est intriguée par K...: «Et vous, qui avez ce doux regard de détresse, qui êtes-vous, certainement pas un peintre en bâtiment?

— Je suis salarié de banque, mais je suis ici, dit-on, sans que j'en sache la raison, en phase d'évaluation; et il semble qu'on veuille me contraindre à l'atermoiement illimité.»

Alice devine les tracasseries que ces ajournements discrétionnaires doivent impliquer. Ils se serrent les mains avec émotion, puis se tournent vers l'écriveur; ensemble: «Connaissez-vous un chemin qui mène hors de ce lieu?

— Cela dépend de l'endroit où vous voulez aller, dit l'homme de plume.

— Ça m'est égal, répond Alice qui est assise sur une chaise à côté de K... et qui commence de se sentir fatiguée de ne rien faire.

— Alors peu importe quelle direction vous prendrez.

— Du moment qu'on arrive *quelque...* essaie K...

— ... *part,* souffle Alice en manière de réparation.

— Oh! vous êtes sûrs d'arriver *quelque part* si seulement vous marchez assez longtemps, dit l'écrivain. Tenez, je vous dessine un plan qui vous mènera à une ville souterraine avec des trains, des boutiques et des gens perdus entre eux comme en forêt; les autres y sont comme des arbres au regard de chacun. Vous verrez, ils sont étrangement laids, mais ils auraient fait d'assez jolies petites grenouilles, je crois. Voyez, par cette fenêtre ronde comme un œil, ces gens, partout, qui sont si sûrs de leurs croyances, de leurs valeurs, qui savent où est le bien et le mal; c'est vraiment insupportable de voir comme tout ce monde raisonne. Les pires ont la force, la santé, l'appétit, ils sont contents d'euxmêmes.»

K... amenuise ses mains en fuseaux dans celles, grandes et si petites! d'Alice; on dirait des oiseaux blessés. (Il faut imaginer les mains de K... dans les siennes propres.) «... Remarquez encore la certitude de cet harangueur, debout sur un autobus, qui endolorit la foule, et la morosité de ce citadin pressé qui passe derrière en marcheur de ville. Il se dirige vers la banlieue d'en dessous; ne dirait-on pas qu'il a perdu le souvenir de sa propre enfance et des jours heureux de l'été? Il erre comme un coupable, conclut l'écrivain.

— Comme un chien», dit K..., inattentif aux yeux brillants d'Alice.

Copie qu'on forme

La probabilité a priori que se pro-
duise un événement possible parmi tous les événements possibles
dans l'univers est voisine de zéro.
Cependant, l'univers existe: il faut
bien que des événements parti-
culiers s'y produisent dont la probabilité (avant l'événement) était
infime.

Jacques Monod

Ne pourriez-vous m'aimer pour
que je cesse de me haïr?

Marie-Victoire Rouillier

C'est pas une tâche pour un peintre, ça! Il faut de la patience pour enlever cinq, six, huit couches de papier peint. Et de la patience, Copi n'en a plus. Surtout que la bourgeoise qui le fait travailler depuis deux semaines vient lui mettre ses rondeurs remuantes sous le nez à tout bout de champ, sous prétexte de vérifier la progression du décollement. Cette rousse potelée, dans le genre *Baigneuse* de Renoir, il en ferait son affaire! Il ne pense d'ailleurs qu'à ça! Au point que ça le distrait de son travail. Copi multiplie les gestes manqués... Rien à faire, il n'arrive pas à arracher la dernière couche de papier peint!

Depuis que son père l'a formé au métier que Copi rêve d'une idylle avec une cliente. Il a tout essayé: le mouchoir sous la braguette, la musculation, le toupet huilé à la Elvis, la dégaine James Dean... Mais sans succès. Il n'a jamais connu la moindre aventure.

Copi continue distraitement à décoller du papier-tenture en fantasmant sur la rousse potelée! Il adore les potelées! Mais il y a toujours cette dernière couche de papier qui résiste. Les sept premières pèlent pourtant facilement. Copi a beau donner de la vapeur chaude, ça n'y fait rien. Comme si c'était imprimé ou gravé sur le mur même! Ça n'a même rien donné de travailler vers les bords, là où les autres couches ont levé d'un coup de grattoir...

Mais voilà la rousse potelée qui s'en revient surveiller le travail! Copi tire un grand coup sur ce qui reste des premières couches au milieu du mur et d'un geste emporté met à nu tout le puzzle du dernier papier. Au moment où il va se donner du recul pour lire l'image ainsi révélée, la rousse entre dans la pièce.

Ce que Copi entend alors, c'est un barrissement doublé d'un roucoulement de ramier. Puis il est tiré par le bras et part à la renverse; il tombe dans une mêlée avec la potelée. Pendant qu'elle lui arrache sa chemise en cacardant comme une oie dans son oreille, il aperçoit, en toile de fond, la scène du dernier papier. Ça les représente, elle montée sur lui! Et lui, le regard exalté, fixant le spectateur... Son désir, pense Copi, à force, s'est imprimé, et ça va tout déclencher! Une aventure, peut-être une grande histoire d'amour nourrie de passion...

Au milieu du branle-bas, la rousse potelée lui retire son mouchoir plié, puis le monte en poussant un jodle. Elle se tourne souvent vers le papier peint, plutôt étonnée mais ravie que son fantasme des dernières semaines se soit imprimé là!

Très étrange

Il y a les mots qui nous précèdent
et les vivants qui nous enchaînent.
Louise Bouchard

À peine éveillé, j'inventais un
homme: c'était moi. À partir de ce
moment, tout devenait possible.
Jean Tardieu

U n édifice de manufactures très ordinaire dans un
quartier de manufactures, avec une très
abstraite agitation, des échos, un hall très orné. À
l'instant qui intéresse notre curiosité, l'ascenseur,
monté des étages souterrains — cela se voit sur
l'entablement, au-dessus des portes coulissantes, où
une aiguille suit l'alignement en demi-lune des
chiffres —, ouvre puis referme ses portes sur une
cabine vide; personne n'y est monté. Plus tôt, dans
les sous-sols, un couple a appuyé sur douze et un

boutons chiffrés, et sur d'autres qui ont déclenché la fermeture des portes et poussé la cabine vers tous les étages. Des planchers, dans cette bâtisse où rez-de-chaussée et premier étage ne font qu'un, il y en a précisément le nombre indicible. Il sera ici parlé, en termes de banalité — puisque nous n'avons nulle raison de nous méfier des coïncidences du monde —, d'une ascension dans la moelle du lieu-dit; tout s'y fera épars, comme dans une vie.

Deuxième étage. Quatorze personnes courent dans un corridor. Devant, un enfant très agile; derrière, des adultes de toutes sortes qui le poursuivent. C'est un enfant très émotif, très apeuré par tout ce qui heurte le silence, et qui a l'habitude, par distraction ou par l'effet d'une attirance pour l'aventure, de s'égarer seul dans les lieux publics. Ici, échappé de la main maternelle, aussi applaudi par les passantes pour les billes de charbon qui lui servent d'yeux que moqué par les poursuivants pour l'attelage déshonorant qui lui est attaché au corps et qui lui donne l'air d'un animal domestique, il fonce seul dans la cabine avec l'intention de s'y préserver des violences du monde. Puis les portes se referment derrière lui, juste avant l'arrivée des autres. L'enfant fugitif feint le courage, mais ses reniflements se redoublent. On ne voit de lui, sous sa frange oblique, que deux fossettes surmontées d'un regard très ombragé, très obstiné et très humide de larmes.

Troisième étage. Voilà un autre enfant, mais celui-là a deux fois plus d'âge. Il vient de traverser, au rythme d'un album par jour, les douze premières Aventures de Tintin. Il est ici occupé à lire le suivant: *Le Trésor de Rackham le Rouge*, dont il s'apprête à commencer la planche suivant la douzième. Cet enfant, il est affligé, la nuit, de virements incessants de girouette et de vertiges qui lui sont imposés par des rêves de fuites très essoufflants dans lesquels il joue incessamment, sur un navire roulant en haute mer, le rôle de poursuivi. On le comprend, devant la « croisière » de ses héros sur le chalutier Sirius, d'être soudain très épris de cet épisode, et de se découvrir même désireux d'en inventer de semblables. Il donnerait le tiers et demi de sa vie, presque, pour composer de pareilles intrigues; mais cela exigerait des perfections de conteur qui, pense-t-il, doivent avoir été données à d'autres, car il ne les possède qu'en rêve.

Au quatrième étage, s'ajoute aux deux enfants un adolescent qui aura quatorze ans bientôt; c'est un être très ambigu, très énigmatique, très obscur, qui compte parmi ces personnes pour qui s'amuser, s'instruire ou travailler, c'est s'ennuyer autrement. Il assombrit la cabine de sa chevelure grasse et mouillée, d'un noir presque bleu, et dont il laisse retomber les brins d'en avant avec une désinvolture très étudiée. Si une moue très appliquée marque son visage, s'il laisse entendre un grognement désabusé, c'est qu'un rien, une attente, un enfermement, suffit à mettre son émerveillement en péril. Or, ici, il n'y a aucune fille dans l'ascenseur; il n'y a, de fait, qu'une enfance pas très intéressante. Le mal qu'il se donne à se composer une silhouette comme celle des vedettes de cinéma ou des chanteurs rock, le fait est bien là qu'il ne veut pas se le reprocher ni y renoncer, mais à la condition que cela, côté séduction, rapporte de temps en temps.

Cinquième étage. Celui-là vient additionner ses dix-sept ans à l'indifférence des autres. Un peu plus tôt, des filles assises au soleil devant la manufacture, et qui laissaient aller leur frivolité, l'ont mis dans un état d'excitation très avancé. Incapable de la moindre attente, il a voulu monter au dernier étage par les escaliers, et il s'est épuisé à cette tâche. Il faut dire qu'il ne tient pas la forme et qu'il est très alourdi par des bottes de construction, par l'encombrement d'un col roulé ajouté à deux chemises et à un imperméable de type grand reporter. Le jeune, on voit qu'il est très artistement vêtu! En ce jour, il s'en va acheter un bijou pour sa blonde, car il a compris, aux airs très éplorés et aux répliques très insolentes dont elle a empesté les dernières semaines, qu'il avait du retard à souligner certain anniversaire; de fait, cela ne fait pas douze mois qu'ils se sont embrassés pour la première fois, mais un de plus!

Au sixième, tiens! embarque un cinquième passager, un vingt-ans qui joue l'intellectuel, avec ses épaules cintrées, ses lunettes noires, son teint gris. En quinze ans d'étude, il n'a traversé que onze années d'école publique et deux de collège. Celui-là, sa ferveur, ses émerveillements sont très intimes. Il appelle cela son authenticité; mais ce mot très enflé n'est destiné qu'à lui-même. Dans toute chose, mêlant l'acharnement avec la réserve, il ne cherche qu'à être lui-même singulièrement. Pour le reste, il laisse dire... Seul de son espèce, ou seul à reconnaître son espèce dans un groupe très inoccupé dans lequel il n'est pas très à sa place, il vient de se voir abandonné raide. Il se tient par ailleurs très inquiètement dans un projet d'artiste et, pour tout dire, sous le titre très accommodant de poète. En cette minute, il hésite encore s'il doit abandonner ici ses études ou les poursuivre. À l'étage des orfèvres, il devra avoir choisi.

Septième étage. D'un coup, deux nouveaux arrivants se ménagent une place dans la cabine. Il y a un marginal très hirsute qui scrute le monde jusqu'à une singulière appropriation, puis un jeune père qui projette une très essoufflante avidité d'être. Ils ont respectivement vingt-deux et vingt-cinq ans. Or, à côté de ce qui les distingue, on peut surprendre chez eux une très accablante gravité dans l'aspect du visage. Curieusement, en cet instant singulier, et masculin! peuplé de générations, il leur vient conjointement à l'esprit que certaines exigences de caractère les conduisent très assurément aux limites d'une sévérité qui les attriste. Le visage qui est aujourd'hui leur souci, enfants, ils l'avaient rêvé très agréable, surtout très abordable, au lieu de quoi il paraît très austère, presque détaché. Ils s'en vont, tantôt, voir ensemble l'œuvre qui lançait la deuxième douzaine des pièces de Ionesco : *Le Rhinocéros*.

Huitième étage. En voilà deux autres, un artiste l'un, un jeune cadre l'autre. Ils ont vingt-sept et trente ans, l'un d'une intelligence organisante et distraite, l'écrivain, l'autre équivalemment opiniâtre et désintéressé, le genre adjoint. L'écriveur est rentré d'Europe depuis le nombre de mois qu'il ne faut pas prononcer; son compère est assistant depuis le même temps. On dirait qu'ils veulent composer à eux seuls le catalogue des caractères humains. L'un, très avide de personnages et de situations, observe choses et gens qui l'entourent pour apercevoir ce qui servirait le mieux son œuvre; l'autre, très à son aise, pose très insolemment comme dans une publicité de beaux habits. L'un examine très attentivement les jeunes qui l'entourent et qui, sous l'accoutrement, sont bien près d'être semblables à ceux des vieux pays; l'autre fixe très inconsidérément le plafond. Chacun, au regard du monde, porte sa raison et sa manière d'être.

Neuvième étage. Un dixième passager monte dans la cabine; celui-là, il est très accablé par la privation de travail, et très aigri par la désinvolture de son congédiement survenu... oui, il y a exactement ce nombre de semaines! Aujourd'hui, par la faute d'un petit assis sur la chaise patronale, ce qu'il possède est moins étendu et tout aussi fuyant que l'ombre de l'hirondelle. Il paraît retranché du temps, indifférent à son écoulement; de souvenirs, il n'a plus que ce que quelques photos conservées par inadvertance font parfois éclater dans sa mémoire. Dans les circonstances, ce qui affirme sa continuité, et qui lui assure quelque résistance contre l'installation progressive de la dépression, c'est ce regard très accommodant qu'il porte en toute circonstance sur les êtres et les choses. Sa crainte incessante: de se dévaloriser davantage; sa préoccupation, effacer sa culpabilité; sa consolation, ne pas encore compter parmi les morts.

Dixième étage. On assiste à l'arrivée en trombe d'un travailleur à la pige; c'est un garçon de trente-cinq ans, très alluré et visiblement très affairé. Il y a un mois, il fêtait le premier anniversaire de la conduite de ses occupations. Le temps qui m'est imparti, dit-il, est si court! qu'on me laisse donc choisir mes propres travaux et décider de mes efforts... Le pigiste, il est du type dont on reconnaît aisément les traits physiques, mais dont la personnalité profonde reste presque sans exception abritée derrière une série de comportements appris, mêlés à une réserve qui freine toute tentative de le mieux connaître. Dans l'être secret qu'il demeure à lui-même, cependant, sa pensée commence de trouver quelque perspective; on voit qu'il n'est pas loin de découvrir le premier motif d'être moins indifférent à lui-même, de s'aimer un peu et, par effet d'entraînement, ce qu'il fait. Cette nouvelle raison d'être porte le nom d'une femme.

Onzième étage. Le tableau lumineux a effacé, déjà, ses dix premiers chiffres. S'engouffrent dans la cabine, parmi des garçons qui forment tout un répertoire de générations, d'abord un homme d'âge moyen, nouvellement ardent à vivre, puis un professeur d'université, très abordable, très appliqué à sa tâche, mais ici très alourdi par trop de vin, assez de nourriture et beaucoup de bavardage avec les collègues. Il a, dans son baladeur, les seize *Préludes* de Scriabine, très ardemment défendus par Horowitz; il en écoute, en cette minute, le quatrième de la fin. Ce nouveau professeur, on dit qu'il souffre d'une névrose obsessionnelle et compulsive de dénombrement; sa marotte consisterait à dénombrer les choses ou les gens qu'il croise. Ici, il dit qu'il apprécie d'être le douzième passager de l'ascenseur, car douze est le chiffre du monde achevé; il ne voudrait, cependant, sous aucun prétexte, être celui qui va monter après lui.

Douzième étage. Porté par des jambes très anky-
losées, mais toujours ferventes, arrive un homme
de quarante ans juste, très affairé, qui a publié onze
livres et qui travaille sur deux autres à la fois. Soudain, tous se raidissent, même l'auteur, comme si
quelqu'un était... de trop! Mais comment dire par
lequel d'entre eux le chiffre de la superstition est
effectivement arrivé? Le nombre des passagers se
trouve donc en coïncidence parfaite avec le dernier
chiffre illuminé du tableau, indicible, mais aussi
avec le quantième et l'heure, la minute du jour, tantôt la seconde, et avec ces hasards individuels et
chiffrés dont personne n'a globalement connaissance, mais qui semblent déterminer collectivement
les passagers. D'un coup, sans raison apparente, la
déroute s'empare d'autant de désirs. « Nous sommes donc menacés?... » lance Tintin. Puis les portes
se referment, et la cabine continue sa route vers...
l'autre étage.

Voilà, ils y sont tous, la douzaine et un, à l'étage
du même nombre. Là, un fait très insolent se pré-
pare, qui va faire chavirer le réel: des étalagistes
composent le mot «Broches» en lettres géantes sur
la façade d'un atelier de montage en orfèvrerie fantaisie; or, à l'instant où cette scène s'ouvre aux passagers, on voit la hampe du B majuscule se détacher
de ses panses et ainsi former le chiffre qui ne peut
être nommé, et qui précède maintenant le mot
«roches». Quelques secondes très intenses s'écou-
lent; nul ne bouge. Puis la cabine, appelée par les
profondeurs, retourne d'un trait vers les sous-sols.
Là, à l'ouverture des portes, se dévoileront tantôt,
en lieu et place des passagers, des blocs minéralisés,

inertes et durs, très angoissants, configurant très artistiquement la roche à certains âges et rôles humains, comme dans la sculpture ancienne. La coïncidence du mauvais nombre, ici, aura eu un effet très aigu, très outré. Très étrange.

Le « aum »* de la ville

On trouve toujours l'épouvante en
soi, il suffit de chercher assez profond.

André Malraux

Certains jours, il ne faut pas craindre de nommer les choses impos-
sibles à décrire.

René Char

Il n'y a pas de héros dans cette fable — qui en
est bien une puisque nous sommes toujours
vivants —, il n'y a que des cauchemars et des angoisses, des délires auxquels il faut songer comme à
des certitudes de salut, tandis que, justement, nous
sommes encore en vie. Lorsque j'écris qu'il n'y a

---

* *Aum* (ou *Om*): dans la tradition hindoue, son sacré (mantra) exprimant l'Être à l'intérieur de l'âme; *aum* est la synthèse de tous
les sons et de tous les mots que l'on peut exprimer.

pas de héros, au sens de celui par qui la fiction arrive, je veux dire qu'ici le mystère est sa propre fascination, l'intrigue son propre état morbide; j'entends que la terreur est sa propre séduction. L'affaire est construite comme un fantasme, elle n'existe que par le discours.

Il sera ici question d'un phénomène inconnu, d'une substance peut-être ou d'un artifice que nous pourrions appeler magie, à défaut d'un meilleur terme, et qui, après avoir longtemps guetté le sacré, soudainement le piégera et aussitôt le pervertira jusque dans l'imagination des êtres, c'est-à-dire bien au-delà de la matière. De là à parler d'ordalie, il n'y a qu'un pas, mais sait-on qui doit, qui peut le franchir?

J'ajoute qu'il est difficile de savoir, lorsqu'un malheur frappe la collectivité, un cataclysme par exemple, lequel de ses membres, lequel d'entre nous, devrais-je dire, en ressent le déclenchement le premier, lequel en perçoit avant tous les autres la vraie mesure. (Les causes, ça, c'est autre chose...) Une simple vue de l'esprit, toutefois, semble pouvoir tourner à la vérité, qui suggère que lorsqu'une série de catastrophes comme celles dont il sera ici question s'abattent sur la communauté, chacun de ses membres se replie sur lui-même, réagit singulièrement et par le fait même se sent tout à coup seul de son espèce, comme abandonné au cœur de la multitude. Vous saviez cela.

Ceci est une histoire de solitude qui pourrait commencer ainsi...

Depuis quelque temps déjà, Montréal flottait dans une sorte d'allégresse. L'automne, pour les gens de l'île, n'avait jamais été aussi séduisant. L'espace semblait se tamiser au crible d'une lumière nouvelle, écourtée certes, mais plus limpide, plus douce que celle, dure et lourde, de l'été. Le poids des rêves brisés, les immobilités appréhensives, les passions érodées, tout le fatras des petits et grands malheurs avait sombré sous le masque d'un enchantement béat. Depuis la fin du mois d'août, en fait, une sorte de sérénité jamais ressentie s'était peu à peu installée dans l'île, intensifiée, puis consolidée. Au début de l'automne, cela tourna à une sorte d'euphorie tranquille; on aurait aussi pu parler de félicité. Oui, de félicité! On aurait dit qu'un indéfinissable bonheur collectif, fouettant et viscéral, nageait quelque part au-dessus de la ville. Les Montréalais attendaient l'hiver sans impatience. Seulement l'hiver, d'ailleurs, rien de plus. Rien de pis.

En vérité, personne ne le savait encore, mais le mal courait déjà depuis des mois dans les veines de l'île. Les visiteurs l'avaient sans doute senti qui, au fil des jours et des semaines, n'avaient plus traversé les ponts que par obligation. La béatitude des insulaires, d'abord suspecte, était bientôt devenue insupportable. Cela va de soi.

Précisément, ce jour-là, qui sera dit le premier jour, était un vendredi. Et la vie se déroulait... on dira normalement pour les gens de la ville: la plupart s'absorbaient dans le travail, certains dans quelque passe-temps, et d'autres, les décrocheurs, les désœuvrés, se consumaient d'attente. Sans compter les âmes contemplatives s'abîmant dans la pensée. Or, ce furent justement quelques-uns de ces abîmés qui furent les premiers frappés par le phénomène, qui en ressentirent le déclenchement avant tous les autres. Je ne jurerais pas toutefois qu'ils en perçurent instantanément la vraie mesure... La plupart flânaient sur des places publiques, occupaient leur esprit dans des musées ou leur temps dans des églises. Tiens! prenons ceux-là, dans des lieux de culte, qui attendaient que la félicité collective, souvenez-vous, se transforme en manifestation divine.

Par cet après-midi de fin d'automne, dans une paroisse populeuse vers le cœur de l'île, où le taux de fréquentation de l'église est généralement assez élevé, une quinzaine de chrétiens occupaient le lieu de culte, disséminés dans la nef et les transepts. Des lèvres bougeaient, mais les murmures n'atteignaient même pas le silence; la fraîcheur odoriférante lénifiait même les plus agités. Des regards se perdaient aussi dans le vide démesuré créé par l'absence des fidèles. Il y a toujours quelque chose qui se rapproche du vide là où l'on n'est plus; c'est d'ailleurs ce qui se passait dans la tête de la vieille mademoiselle Rochette, assise à quelques pas du portail et du grand bénitier. Elle émit un son, un sourire doucereux qui pave généralement la voie au sommeil. Et sa surprise fut que ce son ne s'interrompit plus jamais. Ni dans son sommeil ni dans son état de veille. Ni du reste de l'aventure, ne l'oubliez pas. Oh! elle n'avait rien provoqué, la pauvre vieille: la coexistence temporaire de ce soupir avec le son qui, dit-on, contient tous les autres n'était que le fait du hasard, comme la rencontre du touriste foulant pour la première fois une plage et du coquillage déboulant d'une vague.

Pour tout dire, ce soupir qui habitait l'église, et même la ville entière et l'île, semblait ne pas avoir d'origine physique. On ne le sentit même pas se mettre en branle: à un moment délicat de l'histoire, on ne l'entendait pas, l'instant suivant, il était là depuis toujours. Cela faisait comme une sorte de «aum» plutôt léger et qui absorbait les menus bruits de la vie. Tout se passait comme si la ville, par l'effet d'une excitation nerveuse, faisait doucement, très doucement vibrer ses entrailles vocales en se servant de ses palais et de ses temples comme plaques de résonance. Cela n'avait encore rien d'une plainte.

Dans la ruelle qui s'engage face à l'église, trois enfants blonds s'amusaient à lancer des cailloux dans une poubelle de tôle. Ils furent d'abord surpris par quelques pierres qui s'enfoncèrent dans le récipient d'acier laminé sans résonner comme d'habitude entre les hangars, les garages et les maisons de trois étages. Puis ils furent bientôt fascinés, charmés par une sonorité ronronnante qui semblait émaner de tous les recoins de la ruelle; une voix sourde et magnifique qui faisait la peau mêler le chaud et le froid, le doux et le brut dans un ravissement certain, jusqu'à leur faire oublier qui ils étaient. Comme tous les autres, du reste, dont les activités coutumières rendaient un indéfinissable murmure à la fois énergique et reposant pour tous; une sorte de susurrement vide de sens et sans variantes qui semblait se répandre dans toute la ville, et s'exhaler d'elle. On ne pouvait pas avoir peur d'un tel phénomène, pas encore, même si cela rendait chacun vague et vide.

Le ravissement avait frappé l'ombilic de la foule
et en avait fait des demi-dieux. Partout, la formule
bénie enchantait et insinuait son savoir vital aux
êtres. Bientôt, il n'y eut plus, dans les rues de la
ville, que des émotions apparemment révélées, que
des sentiments délivrés. Les petites voluptés égoïs-
tes étaient aussitôt métamorphosées en amour infini, les passions en extase collective. Le « aum » en
forme de voûte au-dessus de l'île avait ancré ses
fondations dans l'abîme. La cohérence avait suc-
combé sous le poids de l'imaginaire. Même le mot
bonheur trouvait sa place dans la bouche de gens
qui ne l'avaient jamais employé. L'air était devenu
un instrument de pensée. (Mais je m'arrête ici; la
séduction des mots commence de l'emporter sur le
plaisir de l'intrigue!)

Il y eut un soir exquis et il y eut un matin.

Le matin du deuxième jour, voyez-vous, ne res-
sembla pas à un matin. Les gens de toutes les muni-
cipalités de l'île s'éveillèrent sans s'éveiller vraiment;
la différence entre le rêve et la réalité ne les accabla
pas. La nouvelle intensité sonore non plus.

Oui. Durant la nuit, la sonorité câline, qui s'était
jusque-là contentée de s'approprier la douceur des
menus bruits de la vie, s'était transformée en
quelque chose de plus viscéral, quelque chose de
plus envahissant. Cela ressemblait maintenant à un
gémissement. On eût dit une voix plaintive et inar-
ticulée venant des entrailles de la terre.

Soit, comme la veille, dans l'inconscient des
êtres, tout continuait de s'amalgamer à l'harmonie

de l'espace; chaque bruit familier participait du même écho qui subjuguait l'île, mais cette fois, dans une nouvelle acuité à laquelle chacun était sensible, sans la reconnaître. Les pétarades paraissaient toujours fredonner, mais plus fermement que la veille; les braillements chuchotaient de façon plus intense. Les clameurs geignaient. Tout se transformait en une sorte de longue plainte de plus en plus obsédante.

Ce deuxième jour était donc un samedi. Et partout, en matinée, les églises étaient abandonnées des hommes, comme si on n'avait momentanément plus besoin de se confier à Dieu; les statues veillaient seules sur le mystère incarné. On ne saurait mieux insinuer un présage... Mais cela entreprit de changer vers l'heure du midi lorsque la lamentation de fond continua de se métamorphoser, cette fois au-delà de la capacité de perception de l'oreille humaine. Cela commençait de ressembler à un cri, une sorte de sanglot éclatant.

La population entière réagit immédiatement et chacun tenta, aux quatre coins comme au cœur de l'île, d'éviter — plus tard dans la journée, on dira de fuir — toutes les sources de bruit que le hurlement à peine étouffé récupérait à mesure pour les transformer en frayeur. Mais c'était peine perdue; la clameur, manifestement, ne se nourrissait pas de ces bruits. Sa survie se jouait ailleurs.

Quelques-uns donnèrent dès la fin de la matinée des signes de profonde inquiétude et d'oppression. Les autres, tout au long de l'après-midi, virent leur allégresse se transformer en peur puis en affolement, leur sérénité en angoisse puis en épouvante, leur félicité en panique. Avant la fin de la journée, le mot bonheur avait glissé des mémoires pour se rompre sur la chaussée. Il n'en fut plus jamais question. Ce qui avait été un murmure à peine audible et enchanteur, la veille même, s'était transformé en hurlement chaotique et semait la terreur dans tout Montréal. Il paralysait les êtres, les séparant de leurs gestes et de leurs pensées. La population entière, apparemment détachée du reste du monde, amorça la fin du jour en plantant son regard dans le firmament en quête d'une réponse à des appels intérieurs. Car le « aum » hurlait, occupant tous les autres espaces.

Il y eut un soir tourmenté et il y eut un matin.

Le matin du troisième jour ne fut que le prolongement des fièvres de la nuit. Encore une fois, la différence entre rêve et réalité ne fut pas très bien perçue: c'était le même cauchemar qui s'étirait dans la lumière du jour. Un hurlement farouche et strident accaparant l'attention de l'île entière. Le « aum » était devenu un cri maléfique et paralysant qui semblait contenir sa propre malédiction.

L'île était en panne de vie sociale. Les endroits de travail demeuraient déserts au profit des secteurs d'habitation et des espaces publics. Et parmi ceux-là, les églises accueillaient plus de citoyens que jamais — il serait déplacé de parler ici de fidèles. Or, revenons justement à ceux-là, dans les lieux de culte, qui affichaient soudainement de croire en un Sauveur tellement ils se voyaient perdus. Ils priaient pour eux-mêmes derrière leurs paupières closes, le nez bas, la tête enveloppée dans leurs mains crispées. Cette fois, les lèvres ne bougeaient pas : les suppliques étaient tout intérieures. La vieille mademoiselle Rochette elle-même avait le regard figé dans une grimace invariable. Ses pensées ne semblaient plus s'échapper d'elle. Le « aum » enveloppait tout, les humains et leurs méditations, leur raison, leurs rêveries. Il formait une cloche de verre sonore au-dessus de l'île et rendait les insulaires amorphes, inconsistants, inutiles.

Marguerite V. Rochette devait bien sentir un peu cela, qui commença de s'adresser à quelque chose résidant en elle plutôt qu'au-dessus d'elle. Mais cela ne changea rien au fait que le cri était devenu une douleur. Les trois enfants blonds, assis derrière elle, semblaient paralysés par la peur. Ils étaient tendus, empesés comme des statues ! Car à ce moment précis de l'histoire de l'île, toutes les statues et autres sculptures anthropomorphes ou zoomorphes perdirent, simultanément, leur indubitable rigidité.

Soudain, une série de cris brefs et presque enjoués fit sursauter Marguerite V. et les enfants blonds. Quelqu'un, qu'elle ne distinguait pas très bien, dans le transept est, s'agitait avec vigueur en montrant du doigt une statue de sainte Anne, puis celle de saint Joseph, et celle de saint Jean Berchmans lui-même. Enfin, toutes les statues... qui bougeaient, criait-elle ! En moins de dix secondes, un concert de hurlements euphoriques, exaltés, accompagné de cabrioles et de gambades auxquelles participaient tous les « croyants », sauf mademoiselle Rochette, secoua l'édifice en submergeant presque

le «aum». Elle le constatait elle-même: les statues
bougeaient. Miracle! Elles avaient des gestes, des
mimiques. Céleste! Elles descendaient de leur socle;
elles s'approchaient des gens dont les cris devenus
chants exquis semblaient provenir directement de
l'âme. Hosanna! En quelques minutes à peine, toute
la population de l'île, comme mademoiselle
Rochette, se mit à croire au paradis sur terre... puis,
presque aussitôt, à l'enfer. Car elles foncèrent vio-
lemment sur la foule, les statues, bousculant aussi
bien les dévots que les impies, éreintant les pé-
cheurs, endurcis ou repentis, écrasant élus et cra-
pules. Bientôt, partout dans la ville, les statues, pro-
fanes ou sacrées, logées dans le temple de l'Art ou
dans ceux de Dieu, traînant sur les places publiques
ou au coin des rues, entreprirent de descendre de
leur piédestal ou de leur niche et de marcher sur la
foule, chargeant à grands coups de bras de bronze
ou de plâtre, de pied de granite ou de fer. Le «aum»
s'adoucit un peu, mais au profit seulement de la
fureur grandissante des images en ronde-bosse. Et la
fascination était telle, dans la foule, la sonorité tellement envoûtante, que personne ne pensait ni à fuir
ni même à résister.

La population entière se mit à déambuler distraitement dans les artères, questionnant d'abord
son passé et discourant sur le bien et le mal; puis il y
eut les premières tentatives pour apaiser selon les
uns Dieu, selon d'autres les éléments, le cosmos, le
destin ou les mauvaises vibrations. D'aucuns fleuris-
saient le parvis des églises et priaient en petits
groupes sur les places publiques, d'autres traquaient
les clochards ou rasaient le crâne des concubins;

certains brisaient les miroirs, d'autres brûlaient l'argent. Il y en eut aussi beaucoup qui descendirent dans les rues pour adoucir les cris de la cohue par de la musique. Il y en eut même qui enterrèrent leur or, comme on offre un sacrifice à la terre. Pendant ce temps, les monuments continuaient de perdre leurs personnages. Jacques Cartier, au parc Saint-Henri, Giovanni Caboto, dans l'ouest de la ville, Paul de Chomedey de Maisonneuve, dans le Vieux-Montréal, et Jeanne Mance elle-même, cofondatrice de Ville-Marie et de l'Hôtel-Dieu, dans le centre-ville, Pierre Gadoys et Louise Mauger, premiers «habitants» de Montréal, dans l'est, et même le bon père Nicolas Viel, premier martyr canadien, avec son crucifix et sa Bible, et son fidèle Ahuntsic, le Huron, au Sault-au-Récollet, tous, partout, ils descendirent de leur socle pour malmener la foule et la tourmenter. Ils n'étaient plus Louis Cyr, l'homme le plus fort du monde, Mgr Ignace Bourget, le deuxième évêque de Montréal, ou John Young, le père du port de Montréal; ils n'étaient plus que des masses lourdes et vindicatives qui dévisageaient et broyaient tous ceux qu'ils croisaient. Il n'y avait plus de saint Paul ou de saint Arsène, de saint Jean ou de bon frère André; il n'y avait plus que du métal, du plâtre, des polymères et de la pierre qui cognaient et estropiaient le bon comme le mauvais monde.

Dans le parc du Mont-Royal, George-Étienne Cartier, un des Pères de la Confédération, avec ses provinces et ses lions, assommait les passants tandis que Louis-Hippolyte LaFontaine faisait de même dans le parc portant son nom. Le patriote Chénier et Sir Wilfrid Laurier écrasaient les masses somnambules, tout comme Octave Crémazie et Lord Stephen. Des corps que personne ne reconnaissait plus commençaient de joncher les rues, métamorphosant l'île en un lieu d'hécatombe. Et partout des Christ en croix, soudainement éveillés aux souffrances que l'on sait, murmuraient des plaintes qui les rapprochaient étrangement de l'humanité. Ailleurs, quelques-uns se croyant inspirés, se mirent à détruire les bars, les tavernes et les arcades; les salles de bingo, aussi, de cinéma et de billard. D'autres délivrèrent les animaux et les oiseaux en cage, comme pour leur faire jouer leur rôle mythique de messagers auprès des dieux. Les oiseaux s'enfuirent en sanglotant.

Il y eut un soir sanglant et il y eut un matin.

Le matin du quatrième jour prit tout le monde par surprise. Les statues religieuses et autres personnalités sculptées convergeaient toutes vers le bout de l'île, progressant vers le nord-est comme les eaux du fleuve. Un autre présage.

On ne se serait pas attendu à cela après cette longue nuit qui avait vu des personnages d'action comme Dollard Des Ormeaux, le héros du Long-Sault, Norman Bethune, Jeanne d'Arc et Pierre Le Moyne d'Iberville écumer, avec de multiples statues d'églises, de couvents et de collèges, plus friables, les quartiers du centre-sud; ailleurs, les braves soldats de Lachine, de Montréal-Ouest, de Verdun, et même ceux de Westmount et de la gare Windsor, avec leur ange, avaient, jusqu'au lever du soleil, assailli les promeneurs, fascinés et sans défense, à grands coups de leurs fusils parfois armés de la baïonnette. D'autres avaient ratissé Parc Extension, Villeray et Ville Saint-Michel; parmi ceux-là, les treize saints de la cathédrale Marie-Reine-du-Monde : Antoine de Padoue, Vincent de Paul, Hyacinthe, Thomas d'Aquin, Paul, Jean, Jacques, Joseph, Jean-Baptiste, Patrice, Ignace, Charles Borromée et François d'Assise, tous remuants et détachés de leur sens originel, de leur représentation, acharnés et terribles, mais apparemment sans colère ni ferveur, violents sans véhémence ni passion, et dont la brutalité n'avait eu d'égale que celle de l'Homme accroupi et de quelques autres aberrations du même ordre.

Pendant ce temps, les trois enfants blonds avaient passé la nuit auprès de mademoiselle Rochette dans la vieille Chrysler 1939 qu'elle conservait depuis plus de quarante ans dans un garage exigu donnant sur la ruelle de la rue Cartier. Les enfants connaissaient bien cette voiture; c'était leur repaire, avec tout ce que cela pouvait comporter d'embûches et de mystères. Elle aussi le connaissait bien, ce vestige d'un amour unique et très grand, avec tout ce qu'il recélait, aussi, d'aventures et de secrets. Mademoiselle Rochette avait prié sans arrêt, jusque dans ses quelques moments de sommeil; les enfants avaient geint tout autant. Puis, à l'aube, ils avaient tous commencé de se sentir un peu malades. Ils avaient eu l'impression que « ça bougeait ». Or, ils ne croyaient pas si bien dire : cela bougeait déjà.

Simultanément, dans la foule qui hantait les rues et les lieux publics, se dessinait une nouvelle attitude. Sans doute la magie du « aum » perdait-elle de son intensité, peut-être... disons le destin en avait-il assez d'éprouver ce microcosme de l'humanité; quoi qu'il en soit, la population parut soudain moins amorphe. Des gens commençaient d'éviter les statues, d'autres se cachaient carrément. Plusieurs auraient même quitté l'île si une série de tremblements répétés ne l'avait brusquement secouée en son entier, arrachant ses ponts et leurs piliers.

Vers neuf heures le matin, tout le monde avait compris le mouvement de troupe des statues. Leur imagination et leur violence ne diminuaient pas, mais elles semblaient vouloir se regrouper dans un secteur excentrique de l'île. Le roi Édouard VII, le frère Marie-Victorin, Nelson, Burns et Vauquelin, les deux reines Victoria, les multiples saint Jean, saint Pierre, saint Paul, sainte Anne, saint Jean-Baptiste, les innombrables Vierge, avec ou sans l'Enfant, sans oublier les négrillons pêcheurs, les lions ornant les parterres des nouveaux riches, bref, la horde entière des statues semblait faire ses derniers morts. Ceux qui, à l'aube, avaient immolé les chats, noyé les chiens, amputé les malformés ou flagellé les chimistes, les écrivains et les sexologues furent persuadés que leur entreprise était la cause de la fuite des statues.

Or, à midi juste, à la première seconde d'un angélus qui ne sonnerait plus, la troupe colorée des statues commença de s'enfoncer dans le fleuve. Leur visage n'avait jamais changé depuis leur premier geste, et là moins que jamais. Elles entraient dans l'eau une à une, sans apparence de remords ni de générosité, impassibles, indifférentes à l'amorce de leur fin comme à celle des humains.

Elles mirent exactement trois heures, méthodiques, soigneuses, à toutes s'y engouffrer. Les dernières à quitter l'île furent l'ange époitraillé du monument aux Patriotes de l'avenue De Lorimier, le brave Soldat canadien de la guerre des Boers et son cheval, Édouard Montpetit, les Pompiers protestants et catholiques qui, depuis plus d'un siècle, ornaient le cimetière Mont-Royal et Notre-Dame-des-Neiges ainsi que la Vierge dorée et l'Enfant, de la chapelle Notre-Dame-de-Bon-Secours. Puis, du même temple, accompagnée de ses anges et fermant la marche, ce fut l'immense Vierge aux bras tendus qui entra dans l'eau à reculons; pour une fois, elle ne tendait plus les bras vers le fleuve, mais vers l'île qu'elle semblait vouloir attirer dans l'abîme avec elle.

Avec la fin des statues, il y eut aussi la suspension du désir de fuite. À compter de ce moment, à quelques rares exceptions près, personne ne pensa plus à se sauver... dans les deux sens du terme. Mais les insulaires, comme dans un cauchemar, n'eurent pas le temps de mesurer la portée de leur renoncement; alors même que plusieurs avaient encore les yeux rivés sur les eaux à peine agitées du fleuve, à trois heures précises, le ciel s'assombrit brusquement et décocha un éclair gigantesque, visible sans doute de tous les coins de l'île, et qui partagea momentanément le ciel en deux parties aussi sombres l'une que l'autre. La foudre, cependant, ne toucha jamais la terre. D'ailleurs, il faut le dire: le grondement de tonnerre lui-même n'en était pas un.

En vérité, cette fois, c'est l'île elle-même, à l'instar des statues, qui se détachait de son socle, comme si la vie refusait de vivre là plus longtemps, et commençait imperceptiblement à bouger. Les gens furent étourdis. Déjà, l'île avait fait son choix entre l'amont et l'aval. Une neige soudaine commença à tomber de biais et à gros flocons, accentuant l'impression de mouvement. Puis les craquements, de plus en plus intenses, qui semblaient venir de l'est, entreprirent de se mêler au «aum». Tout donnait à penser que la terre remettait ses fondements en question, son relief peut-être, ou ses délimitations. Pendant ce temps, l'île continuait de s'aventurer dans le bruissement des eaux froides et bleues, un bleu délavé qui passa au marine, puis au noir.

En début de soirée, quelques-uns souffraient déjà de maux s'apparentant au mal de mer. À ce moment, aussi, les craquements, toujours de plus en plus puissants, enveloppèrent l'île. Certains prétendaient que les rives s'écartaient, se déchiraient pour la laisser passer, que le fleuve s'élargissait en corridor pour satisfaire son désir de parade.

À minuit, l'île blanche s'estompait dans la noirceur bruyante, ne laissant qu'une petite absence pâlotte dans l'obscurité du fleuve. La couleur avait disparu dans le ventre nocturne.

Il y eut un soir opaque et il y eut un matin.

Le matin du cinquième jour offrit cette révélation: l'île dérivait sur les eaux du fleuve, dépaysée, déroutée; et la longue plainte criarde des rives s'écartelant pour la laisser passer n'avait pas cessé. Elle paraissait en lutte avec l'organisation spatiale de la planète. Elle avait donc choisi l'aval, le chemin du roi; la descente plutôt que la remontée aux sources. Elle fonçait droit vers le nord-est, à la rencontre du soleil, comme si elle avait voulu raccourcir le jour... À moins que ce n'ait été une quête de lumière. Elle progressait apparemment sans illusion, exposée au hasard et à ses pièges, ignorante de ce qui l'attendait au bout de la route d'eau; une mer de passion, de tranquillité? On eût dit qu'elle glissait sur une surface ridée, comme une larme de lait sur le beau visage de mademoiselle Rochette. Elle était devenue une barque blanche en forme de croissant de lune, une arche improvisée, comme un berceau sur lequel on fait son premier voyage. Les vagues froides qui la touchaient se nouaient en flots lugubres. Or, ceux-là, justement, marchaient désormais dans leur île flottante comme des êtres perdus, détachés de leur environnement. Le « aum » les fascinait encore, pour la plupart.

On nettoya les rues de leurs corps mutilés. Les cadavres furent jetés à l'eau, car nul n'osait déchirer la terre: cela ressemblait à un sacrifice expiatoire par lequel le fleuve ingérait son offrande.

Vers midi, l'air s'agita davantage: un vent violent et glacial se mit à faire des nœuds dans l'espace poudreux et à pousser l'esquif avec plus de puissance; ainsi le souffle de la tempête indiquait-il à son tour la route à suivre. L'île se mit alors à accélérer sa course; à chaque seconde, des dessins différents se formaient dans sa houache, effaçant les premiers, préfigurant les suivants. La neige tombait en banderoles obliques, réduisant la visibilité aux espaces intérieurs, où personne ne voulait regarder.

Dommage, moi je dis que toutes les promesses y étaient contenues, qu'un voyage physique auquel ne se joint pas une croisière intérieure, vous le savez aussi, n'est qu'une évasion, qu'il n'aboutira pas. On ne retrouve jamais que ce qu'on a voulu fuir; surtout lorsqu'il s'agit de soi-même, aurait sans doute ajouté mademoiselle Rochette au bénéfice des enfants blonds s'ils n'avaient déjà déserté l'église, en début d'après-midi, ne laissant derrière eux, sur les trottoirs menant au vieux port, que des traces bien éphémères. La vieille femme, en toute simplicité, ferma plutôt les yeux sur le silence et se laissa emporter par un vent d'oubli.

Tout au long de l'après-midi, entre le bourdonnement du «aum», le craquement des rives et le sifflement de la tempête, les places publiques furent prises d'assaut par des masses de citoyens qui, bravant l'hiver précoce — certains parlaient d'un hiver artificiel, et même magique — s'entassaient autour des monuments désertés et se réchauffaient de leur présence, de leur proximité, se rassuraient: ils étaient toujours vivants. Ils transformaient peu à peu la blancheur en cette couleur qui avale la lumière, qui l'absorbe sans la rendre.

En fin de journée, des adolescents furent frappés de désespoir et se jetèrent dans le fleuve. On en vit un bon nombre s'engouffrer dans le remous de la grande barque, ne laissant dépasser des eaux, durant quelques secondes, qu'une main crispée et tragique qui semblait vouloir s'accrocher à un brin de vie ou à un courant de pardon. D'autres, qui s'abîmèrent à la proue de l'île, furent ramenés sur les œuvres mortes par les ondes; leurs dépouilles gelées furent repoussées du pied dans les eaux sombres du jour en allé.

Pendant ce temps, l'île longeait toujours le chemin du roi, sans le voir, évidemment, et ma foi sans vraiment le savoir. Elle se laissait seulement dériver sur sa propre voie royale. Tout se passait comme si elle s'était livrée en aveugle à son destin, abandonnée à tout son sort. Si vous aviez marché, comme moi, dans la ville, à la tombée de la nuit, vous auriez certainement entendu quelque Savonarole s'enflammer de perspectives eschatologiques, vous savez: les sept sceaux, les quatre cavaliers, etc. La puissance créatrice de l'inspiration fantastique; et son émotion esthétique. La fulguration de ses images. *Il y eut un soir désespérant et il y eut un matin.*

Le matin du sixième jour apparut dans le corps d'une lumière froide et humide que personne ne vit vraiment surgir ni se développer. Le fleuve se brisait les lèvres, toujours dans le même bruissement, cependant que le grand radeau de terre dérivait toujours au gré des éléments d'hiver et que le « aum » hébétait plus que jamais les survivants. Ici, nulle promesse, nul espoir ni déception; seulement du temps qui semblait s'écouler à rebours tellement le voyage paraissait dépourvu de ses attributs habituels de métamorphose, de mutation, de quête. On ne distinguait plus la neige du brouillard, l'ouest du sud, l'heure de la seconde. Moi, je vous dis que l'île continuait de foncer droit vers le nord-est, mais les insulaires, eux, n'en savaient plus rien. Le soleil s'était levé de partout, c'est-à-dire de nulle part. Le jour n'avait plus de midi; l'espace n'avait plus de nord; l'océan n'avait même plus de fleuve, retenez bien ça. Les repères du quotidien avaient disparu. Seuls demeuraient dans la tempête des êtres étriqués, voyageant sur une page blanche.

Près du port, quelques mouettes blanches, qui semblaient accompagner l'île dans sa course folle, des goélands argentés, aussi, et des sternes communes émergeaient parfois du rideau de neige et survolaient les quartiers abandonnés jusqu'à se rompre les ailes dans la bourrasque; plus tard, on retrouvait leurs corps gelés en posture de vol plané. La tourmente les avait brutalement rabattus au sol; on eût dit un message d'humilité adressé aux insulaires...

Au milieu de la journée, alors que personne n'attendait plus rien de rien, pas même un mystère ou un malheur de plus, la population entière se sentit soudainement déséquilibrée, étourdie. Le vent, aussi, accentua considérablement sa vélocité. Il y eut des haut-le-cœur, des montées de pression, des évanouissements. Des syncopes. Or, la tempête rageait toujours, et l'espace dissimulait ses projets. L'île courait maintenant vers l'inconnu. La blancheur était son aveuglement.

Au milieu de l'après-midi, une information insolite traversa la ville en un rien de temps. La nouvelle venait de partout à la fois. Ici encore, il est impossible de reconnaître le citoyen qui, le premier, perçut la vraie mesure du phénomène. Peu importe: qu'on sache seulement que plus personne, auprès des rives, n'avait vu ou touché l'eau depuis le midi. Chacun le répétait: l'île ne reposait plus sur le fleuve. Elle ne dérivait plus à la surface de l'eau! Les trois enfants

blonds, qui n'avaient pas quitté le port depuis la
veille, comptaient parmi les principaux témoins et
colporteurs de la nouvelle. Ils disaient que les nouveaux remous étaient du vent. Pour la je-ne-sais-plus-
combien-tième fois en cinq jours, ce fut la panique
dans la population, qui s'abasourdissait de terreurs.
Certains voulurent se rapprocher du ciel en se
réfugiant sur la montagne, mais le climat y était plus
rigoureux qu'ailleurs, et la visibilité tout à fait nulle.
D'autres ne sortaient plus de leur maison, cachés
derrière le masque de leur habitat. Plusieurs se reti-
rèrent dans des sous-sols, comme dans un inconscient dolent. Les autres ne réintégraient plus leur
demeure; ils continuaient de vivre dans les lieux publics, le plus souvent dans la fureur des éléments,
assemblés en grappes immobiles, liés à leurs semblables par la même peur, la même angoisse, entas-
sés et recouverts de givre, inanimés, à tel point qu'on
ne distinguait pas toujours les morts des vivants.
   Un petit groupe voulut même construire un gigantesque gouvernail, mais la foudre réduisit ses efforts
d'un seul coup: l'église Corpus Christi, de Senneville,
où on s'était réunis pour en discuter, fut séparée en
deux comme un fruit mûr par une lame de feu qui
plongea droit sur le meneur. La bâtisse ne brûla pas,
mais elle demeura ouverte par son crâne sur ce signe
incontestable. À compter de ce moment, étrangement, pour savoir ce qui allait se passer, chacun plan-
tait son regard dans le ciel embrouillé, à l'écoute de
nouveaux craquements, ceux de l'île elle-même. Les
prières réapparurent, puis les lamentations.
   La suite des événements n'est pas plus simple
que ce que l'on a rapporté. Les insulaires gueulaient

à s'époumoner pour effacer en eux la double sensation du vertige et de la mort toute proche. Qu'on imagine un peu une île considérant, dans un flash apparemment ultime, le poids de sa vie. Quelles images on pourrait tirer de cela! Or, à la tombée du jour, ce flash, dont on dit souvent qu'il accompagne l'impression de la fin proche, se transforma soudainement, dans la population, en absence; l'île connut une brusque perte d'altitude: les êtres qui la sillonnaient furent tous arrachés des griffes de la réalité.

Il y eut alors un premier choc suivi d'une remontée et d'une redescente aussi violentes l'une que l'autre; le second heurt survint plus d'une minute après le premier. Il y eut ainsi plusieurs rebondissements: l'île faisait des ricochets sur le golfe, et ses habitants, engourdis, cataleptiques, n'en savaient rien. Ils avaient touché le début et la fin de toutes choses.

Quelque part dans le temps, le tapage de la tempête s'ébrécha au profit d'une plainte de délices. Le «aum» retrouva sa place sur la galère. La noirceur effaça même la neige sur le sol. Il n'y avait pas eu de fin.

Il y eut un soir d'inconscience et il y eut un matin.

Le matin du septième jour fut celui de l'âme; si du moins l'on désigne par là ce rapport entre l'inconscient et une incarnation de son contenu plutôt que cette entité subtile et versatile, ce souffle dont le corps ne serait que la parcelle, le véhicule, l'ombre mouvementée. Bref, il est question ici de la jonction de l'être et de l'inconscient collectif.

Au lever du soleil, l'île était devenue une petite terre gelée et ronde reposant au cœur d'un cerceau de brume froide, très froide. Nul horizon ne la regardait; elle était depuis longtemps perdue aux yeux des riverains. Les seuls craquements ne venaient plus que des glaces qu'elle dilacérait dans sa lente progression vers l'océan. Le «aum» s'était radouci; il semblait même en voie de disparition. Les citadins s'éveillaient à un monde qui, en toute autre circonstance, eût paru rassurant. Partout, une sorte de vie collective se remettait en marche. On déambulait dans les rues défoncées, entre les édifices mutilés ou amputés de leur partie supérieure, parfois complètement rasés. Il se produisait, autour des choses et des êtres, des ombres inquiétantes, sans direction, sans radical lumineux, des ombres évocatrices, sans nul doute, d'une tragédie nouvelle.

En début d'après-midi, il sembla que ce qui restait de l'île voyageait avec une lenteur inusitée. Elle avait largement dépassé le point de rencontre de l'eau douce et de l'eau salée, ce lieu où une barre d'écume sépare le doux et l'amer. Or, un récif se trouva planté sur sa route auquel l'île s'accrocha pour y mener une vie nouvelle.

Il y eut un petit choc qui alarma les plus faibles. Puis la glace eut vite fait d'enchâsser l'île échouée. Ainsi se termina le voyage de l'île. Celui des insulaires ne faisait que commencer.

Il y eut un soir de plus, et qui sait s'il y eut un autre matin? Si le huitième jour arriva à naître? S'il fut perdition ou enchantement? S'il fut jamais...

La leçon

Avoir connu un être est à la fois la
plus importante, la plus déchi-
rante, la plus exaltante des aventures.

Camille Belguise

Il n'y a sur cette terre que des com-
mencements...

Mme de Staël

Figure légendaire de l'époque de la Grande
Épreuve, tout à la fois négligé et séduisant, un
vieil homme de grand caractère se laisse amener
devant une compagnie d'adolescents assis sur les
talons autour d'un feu, genoux plantés dans le sable.
Le personnage s'installe un temps dans une attitude
hanchée et montre à l'assistance une face inspirée
qui intimide jusqu'aux plus effrontés. On l'a invité à
venir éclaircir, devant ses nouveaux disciples, les

circonstances de sa séparation, autrefois, d'avec le
jeune maître Musicien. Il consent à s'accroupir et à
n'être pas avare de paroles. Il dit...

Vous croyez savoir par cœur, en raison de l'insistance de vos professeurs à vous les rappeler, les terribles conjonctures qui enveloppèrent ces temps dits
de la Grande Épreuve; eh bien, permettez que je vous
les serve quand même autrement, au cas où il se
trouverait parmi vous quelques mauvais élèves.
Je sais que vous ne laisserez jamais sortir de vos
mémoires les détails les mieux faits pour vous tenir
en garde contre certains tumultes de l'Histoire; ce
n'est donc pas pour en rajouter que je viens m'adresser à vous. À ma manière, je veux simplement
dérouler la chronique d'une planète qui menaçait
ruine; et quelque part en cette esquisse, on trouvera,
à travers un épisode particulier de sa vie qui croise la
mienne, le portrait du jeune maître Musicien. Qu'on
n'aille pas oublier, jeunes gens, que c'est de lui que je
viens parler.
En ces années de la Grande Épreuve, il y a de
cela près de six décennies, j'avais un peu plus que
votre âge. Parmi les factions diverses qui s'agitaient
en nos murs, j'appartenais à une fraternité de résis-
tants qui, en dépit de ce qui paraissait, refusaient de
considérer le monde comme moribond. Que je vous
résume la situation; je remets à un autre jour de
proposer quelques hypothèses sur l'origine de ces
déferlements.
À l'angle du millénaire, l'humanité, voyait-on de
tous côtés, s'en allait se détruisant; on la croyait

près de s'effacer au regard des étoiles. Cette situation de fait, on la dira conséquente à une série de guerres qui étaient si enchevêtrées qu'elles n'avaient plus de noms propres. Des guerres qui commençaient sans qu'on le sache, qui s'aboutaient et s'achevaient sans qu'on en connaisse le commencement. On n'annonçait plus qui faisait la guerre, ni à qui. À cette heure, plus personne d'aucun horizon n'entretenait plus l'illusion d'enrayer ces puissances dévastatrices de son action; ne survivaient, dans le chaos, que quelques grappes de populations inertes et d'innombrables forces de destruction, tournées les unes contre les autres, et qui avaient oublié jusqu'aux prémices de leurs luttes. La dernière illusion des peuples éprouvés s'était estompée, quelque part dans l'Histoire, lorsque cette guerre, dont on n'avait jamais entendu les raisons profondes, avait renoncé, par l'acharnement de ses stratèges, à retrouver ses motifs pour les mettre à l'épreuve. Alors, tous de se faire de la guerre un mode de vie...

Imaginez ceci: la guerre avait pris telle tournure qu'on ne voyait pas les êtres ni les machines qui menaient les combats. Aucun guerrier ne venait plus à la surface, flanqué de ses rêves et de ses honneurs, briller dans son armure et faire figure de lumière déboutant les ténèbres; ne restait, à nos yeux, qu'un théâtre d'ombres agité par ses éclats. On ne connaissait que bombes qui déclenchaient des volcans, radiations qui déviaient des fleuves, vibrations qui ébranlaient des montagnes, bactéries qui allaient enrayer des robots, dit-on, dans des galeries souterraines, là où la science se trouvait à la solde des militaires. Et les innovations techniques qui résultaient justement de ces travaux, aussitôt récupérées par des guerriers invisibles, s'entre-dévoraient à l'infini : les ondes secouaient les bombes qui exterminaient les bacilles qui gobaient les rayons qui faisaient rebondir les vibrations... Et cet arsenal voyageait au-dessus, en dessous et tout autour de nous. Le sol vibrait sans interruption sous nos pas, car une partie de la lutte se faisait sous terre; le ciel ne s'éteignait jamais, car une autre partie se jouait dans l'espace. À ras le sol, c'étaient des sifflements, des grondements perpétuels. Rien de tout cela ne s'interrompait jamais, même le temps d'une trêve, d'une négociation, d'une fête nationale ou religieuse.

Je vous résume ce contexte afin que vous compreniez mieux ce qu'y vint faire la musique du jeune Maître, et la nôtre.

Les vibrations, les lueurs et le tumulte faisaient partie de notre vie; si on n'en mourait pas, c'est que nous étions quelques dizaines de milliers à avoir été parqués dans l'un de ces territoires protégés par le moratoire de Khabarousk, ville négociatrice sise ironiquement sur le fleuve Amour, qui coule entre les anciens territoires de Chine et de Sibérie. Nous comptions parmi ceux qui devaient survivre au génocide «pour le triomphe de l'humanité», disait le traité. Ces réserves protégées par le moratoire étaient partout des îles; on aurait dit des continents aux dimensions de l'enfance.

Or, sur nos deux îles croches, au milieu d'un vaste fleuve qui ne pouvait même nous servir de muraille, il y avait, pour une moitié, des artistes, des philosophes et des prêtres d'allégeances diverses; et pour l'autre moitié, des reproducteurs qui ne se reproduisaient presque plus, car nous vivions en vase imparfaitement clos, dans un univers sali, corrompu, désespéré. Le plus triste de l'affaire, justement, c'étaient les rares enfants, vos aïeuls, qui ne connaissaient pas d'autre univers que cette planète agitée, grouillante et branlante, sur laquelle un jeu de sifflements, d'éclats et de bourdonnements ne fléchissait jamais. Ces enfants, vos grands-parents, ils vous ont dit dans quels tourments ils allaient vivre, plus tard, la fin des guerres, les premières nuits noires, l'immobilité du sol, et le silence.

Le Maître avait douze ans; j'en avais près du double et j'étais son élève. J'étais même le plus jeune de ses apprentis. Le surnom de reconnaissance qu'il m'avait conféré se disait Espoir; en ces temps difficiles, ce patronyme, à lui seul, assujettissait à des devoirs que l'on devine. Nous étions quelques-uns à le suivre, dans sa marche et dans sa démarche, pour sa sagesse et pour sa musique. Car ce à quoi nous croyions... ce à quoi je croyais, ce qui me tenait en vie, c'était la musique. La mienne, de musique, encore informe, à peine ébauchée dans l'esprit, et aussi celle du jeune Maître, ce créateur enviable qui se faisait appeler simplement Musicien.

Musicien marchait toujours un peu en avant de nous, comme pour décider seul de la route à suivre. Après tout, c'était notre guide. Il disait ne pas savoir le nom qu'avaient porté son père ou sa mère. Aux premières années de son abandon, on l'avait appelé l'Enfant; il était venu tout seul qu'on l'appelle Musicien, par ses rapports mêmes à la musique.

Cette musique, qu'il interprétait le plus souvent avec ses élèves, elle était, en ce temps, rarement appréciée; on lui préférait généralement les œuvres cyberno-figuratives, la musique électro-mimétique ou même les essais alloformalistes d'avant la Grande Épreuve. En cette tragique époque de l'histoire de l'humanité, cette musique faisait scandale, à la fois par l'impuissance dans laquelle on se trouvait de rejoindre sa profondeur, son mystère, et aussi par l'incapacité avouée de cette musique à rendre la vie acceptable. Oui, en ces années, on exigeait de la musique qu'elle soit utile. Mais Musicien ne se souciait guère de cela. Il répétait que chaque sonorité produite constituait une victoire sur l'Histoire, ce qui n'était pas peu, et sur les éléments. Il affirmait que la musique allégeait notre servitude aux bruits imposés. Qu'elle donnait du cœur à la matière en lui arrachant le meilleur de ses lois, de ses pulsations, de ses vibrations. Sur ce dernier mot, même ses plus fidèles défenseurs hésitaient à le soutenir publiquement, car le scandale tenait encore, paraît-il, à l'alliage recherché de ces vibrations musicales et de celles qui nous venaient de la guerre.

Certains prétendaient que l'on pouvait ressentir, par sa musique, toute la violence et le désespoir liés au mythe de la fin des mondes; moi, je dis plutôt comme lui, que sa musique donnait... donne encore accès à une matière continue tournée vers ce que l'on appelle l'avenir. Et si quelque chose, en ce monde bringuebalant, bien plus que les messages des augures ou les discours des philosophes, me faisait croire un peu à la continuation des mondes, c'était bien cette musique, sans règles et sans limites, soit, destinée à une société qui se croyait perdue et qui avait refoulé ses règles et ses limites, d'accord! mais une musique ouverte sur quelque chose de formidable qu'on ne pouvait reconnaître en la musique même, puisqu'il s'agissait de l'inconnu. Je dirais: d'un absent. Et lorsque j'entends dire que la mutation qu'elle paraissait annoncer ressemble à la mort, je dis qu'on ne sait pas la lire, l'interpréter, cette musique. Vous voyez un peu, j'imagine, pourquoi le jeune Maître m'avait accolé le nom de la vertu d'espérance.

La musique ne doit jamais rentrer dans l'ordre, disait Musicien; elle n'a ni pour objectif ni le pouvoir de rassurer. Et s'il m'arrive de convenir qu'elle contient une promesse de réconciliation, ajoutait-il, ce n'est que pour m'adresser aux gens, et pour faire écran devant une vérité qu'ils n'admettraient pas: la musique ne sert à rien, sinon à se donner à soi-même un sens. À vivre. Si tu dois demeurer auprès de moi, disait-il, attends-toi à ce que je te répète mille fois, durant ton apprentissage, que la musique ne peut plus rien organiser, qu'elle ne contient plus aucun ordre. Qu'elle n'est pas plus que sa propre forme.

Oh! Musicien n'était pas insensible; il s'inquiétait, comme nous tous, du sort de la planète. De fait, nous croyons savoir qu'il doutait même de la légitimité de son art. Quoique, au plus profond, il devait savoir que celui-là lui permettait de vibrer au rythme, non pas de son temps, mais des temps à venir, c'est-à-dire ceux qui se construisaient à cet instant, dans la torpeur de la Grande Épreuve. Or, ajoutait-il souvent, pour commenter sa musique, parfois en défendant celle de ses prédécesseurs immédiats, pour la plupart disparus dans la mort, l'oubli ou le renoncement : si la musique d'hier a paru éclatée, c'est que le monde allait lui-même bientôt exploser. Et lorsqu'on lui demandait, sur cette question, ce que sa musique et la nôtre devraient nous révéler de l'avenir, il disait qu'il ne savait pas, qu'il ne voulait pas savoir. Qu'il s'intéressait aux questions, non aux réponses. Et il renvoyait ses interlocuteurs aux augures. Car, dans cet univers de doute, d'incertitude, les augures fascinaient, par leurs prestiges d'élocution, tous ceux qui ressentaient le besoin de croire en quelque chose; ils avaient sur les âmes un pouvoir de domination dont on ne connaissait pas la réelle mesure.

Ces devins, interprètes reconnus de la volonté du destin, lisaient dans le frémissement du fleuve, dans celui du feuillage des arbres, dans l'ombrage jeté par les ormes sur les eaux sombres, dans le vol et le chant des oiseaux, et dans le passage de leur ombre dans l'itinéraire des êtres, dans le chatoiement de l'herbe effleurée par le vent, dans le haut-relief des nuages, dans la position ou le dessin des étoiles, dans la posture du bonhomme dans la lune. Ils décodaient une écriture inscrite dans les éléments; ils débusquaient l'invisible derrière les signes.

Or, un jour, notre microcosme se vit atteint par quelque pluie bactériologique, peut-être par des ondes anti-oligo ou des vents assécheurs, on ne le sut jamais précisément; quelque innovation technologique, sans doute un agent dépresseur couplé à un agent toxique, détériorait l'environnement et abîmait le moral des insulaires. Le discours des citoyens changea alors du tout au tout; on ne parlait plus, dans les rues, que de la séparation brutale des peuples, de la rupture de contact avec le reste du monde. On se reprochait soudainement les dernières années de presque indifférence à se barricader derrière ce rôle d'humanité de réserve. Chacun fuyait la réalité à sa manière. Tout devenait refuge, les jeux, les sports, les arts; y compris la musique, disait-on. Y compris notre musique.

Parallèlement à cette mélancolie des insulaires, il y avait l'environnement qui se dégradait de jour en jour. Le fleuve s'emportait, usant à coups de lames les îles solitaires; les arbres se dégarnissaient de leurs branches ou s'ouvraient en deux par leur tronc; les fleurs se détachaient de leur tige pour aller se flétrir dans l'herbe blanchie; le ciel s'aigrissait, l'air lui-même s'épaississait. Les chiens se terraient dans les souterrains, les chats avaient disparu dans les égouts. Les oiseaux avaient fui vers la guerre.

Tous n'étaient pas atteints de cette neurasthénie, du moins pas encore; mais les bien-portants s'inquiétaient, car de nouveaux cas apparaissaient tous les jours. Nous pensions, Musicien et les élèves, avoir été épargnés de ce fléau par la centaine d'heures d'affilée que nous venions de passer en studio à mêler notre bruit à l'autre, comme disait le veilleur de nuit.

Nous accompagnions Musicien chez les augures. Chez les fraternistes, cela se devait faire chaque fois qu'un huit apparaissait au calendrier, c'est-à-dire trois fois par mois, et à tous les jours du huitième mois. Nous étions en juillet, et il y avait dix jours que nous n'étions pas venus au parc des Augures. Sauf Musicien, qui y venait consulter tous les jours, quand cela était possible. Musicien ne faisait rien sans l'avis des augures; les mauvaises langues prétendaient même qu'il n'aurait rien su faire sans eux. Oubliaient-ils que c'était encore un enfant!

Le boulevard que nous montions, qui menait jusqu'à la rivière et au parc des Augures, était jonché de pauvres gens qu'une chaleur intense accablait ou que la maladie achevait d'emporter. C'étaient des êtres silencieux, à l'écoute de chaque seconde du monde, et qui espéraient que la fin des guerres ne surviendrait pas avant leur propre fin. Ou peut-être souhaitaient-ils justement le contraire, c'est-à-dire de mourir avant la fin des mondes. De temps en temps, un discoureur haranguait une foule amère qui ne l'écoutait pas vraiment, ou peu, repliée sur sa faiblesse. Certains prétendaient qu'il fallait s'enfuir dans le sol, comme l'avaient fait partout les peuples en guerre; d'autres répondaient que cela n'aurait servi à rien de s'enfoncer dans la planète, que la terre était elle-même déjà pourrie, contaminée. D'autres encore refusaient simplement d'être enterrés comme des cadavres.

L'habitude que nous avions de marcher sur un sol qui vibre, sous une lumière sifflante, nous faisait oublier qu'avant cette marée de foules plaintives, dolentes, nous avions déjà rêvé d'autre chose. Musicien nous le rappela en évoquant ce désir de perfection et d'immortalité qui le dévorait. Bientôt, dit-il, nos œuvres seront les cathédrales de ce temps; les augures me l'ont dit. Peut-être, répondit un apprenti qu'on n'avait jamais connu si sceptique, si peu exalté, mais pour le moment nos œuvres sont des châteaux de sable en attente du flux de la mer. Un autre chuchota que les augures n'avaient pas cessé, depuis des années, de nous dire que la guerre allait bientôt se terminer et que nous serions prochainement sauvés, et heureux... Au plus profond, j'admettais mal qu'on exige que nos œuvres prennent l'allure de cathédrales ou qu'on nous impose de croire que les augures aient incessamment raison.

Musicien gardait sa longueur d'avance sur nous tous, le regard si bien planté dans l'avenir que le présent s'effaçait sous ses pas. Ne regardant jamais en arrière, il ne pouvait percevoir notre désarroi à tous.

Musicien s'en allait donc questionner les augures, avec quelque nuance de soumission, sur sa musique. Il n'avait pas fréquenté le parc depuis cinq jours, ce qui, chez lui, était tout à fait inhabituel; il en ressentait d'ailleurs un mélange de gêne et de honte qui faisait barrière entre le monde et lui. On aurait dit qu'il ne voulait pas deviner ce qui l'y attendait.

Habituellement, Musicien choisissait le plus jeune des prêtres présents pour transmettre sa question aux éléments, de façon à ce que ce soient les plus vieux qui s'échangent le bâton augural et observent les signes pour lui. Musicien avait foi en l'expérience des vieux augures. Il avait droit, chaque jour, à une question posée à trois éléments. La question devait être formulée de façon à ce que la réponse se présente sous la forme d'un oui ou d'un non.

La première fois que j'étais venu dans ce parc avec lui, Musicien ne m'avait pas laissé entendre la question qu'il posait aux augures; aussi, lorsque le jeune prêtre était revenu avec la réponse, avais-je été surpris de l'entendre chanter recto tono: «Les prêtres ont pris les auspices en ton nom, Musicien, ils ont vu, ils ont lu et ils disent: oui, tu peux accepter trois fois Espoir, dans le fleuve, dans le feuillage et dans le chant des oiseaux, comme ton élève. Inclinez-vous, les éléments ont témoigné.» Musicien ne m'aurait jamais accepté auprès de lui sans l'accord unanime des éléments.

Il nous arrivait aussi, les élèves de Musicien, en allant aux cérémonies, d'interroger les augures. Ce jour-là, nous pensions leur demander si cela valait la peine de continuer de vivre pour la musique; l'un de nous suggérait plutôt de demander si ça valait la peine de continuer de vivre. Point. En voilà un que l'agent dépresseur n'avait pas épargné. Mais il n'aurait pas été possible de faire transmettre la question, ni aucune autre, car on voyait bien que le parc, qui n'était plus qu'à cent pas devant nous, avait été complètement ravagé. Tout y était foudroyé, disloqué, anéanti. Comment Musicien faisait-il pour garder ce pas cadencé? Était-il si aveugle qu'il ne voyait ce qui l'attendait!

Il reste les nuages, lança-t-il soudain, découvrant enfin notre angoisse. Et le fleuve. À ce que je sache, le fleuve n'a pas été détourné... Mais les nuages, lui dit-on, ne sont plus qu'une masse sans relief, grossière, poudreuse, qui enveloppe tout. Et le fleuve est déchaîné, sale, mauvais. Alors il se mit à appeler la lune et les étoiles... et à parler, encore et toujours, de la musique.

Les devins, c'est connu, tiennent leur pouvoir des êtres qui croient en eux — en ce temps, les membres de la fraternité —, leur malédiction, de ceux qui ne croient pas. Surtout au moment des grandes épreuves. Or, dans cet univers de malheurs et d'ignorance, on ne se surprendra pas de l'importance acquise, auprès d'une bonne part de la population, par des croyances multiples et contradictoires concernant les maladies, les épidémies, les déformations, les accidents; tous signes divins, punitions ou épreuves, condamnations ou sanctifications. C'est pourquoi les foules, après les premiers ravages de l'agent toxique, étaient venues saccager ce qui restait du parc des Augures, sur le bord du fleuve, et jeter leur haine sur les devins, ceux-là qui ne cessaient de prêcher l'optimisme en cette période si difficile. Les forces de la fraternité n'avaient pu résister longtemps. Et les prêtres avaient pour la plupart été battus à mort.

Bien sûr, nous n'étions pas des augures, loin de là! mais ces malheurs, qui nous frappaient simultanément le corps et l'esprit, ne pouvaient présager, selon nous, fraternistes musiciens, s'ils devaient présager quelque chose, que de plus grandes épreuves. Les augures, corps mutilés, n'étaient-ils pas les signes de ce qui nous attendait? Musicien, dans son silence mélancolique, n'avait plus réponse à rien. On se disait qu'il allait bientôt éclater.

À quel moment, précisément, cela s'était-il produit? Avant, pendant les protestations des apprentis à Musicien? Durant l'hésitation qui avait suivi? Nul n'a jamais pu le dire. Personne ne sut même ce qui avait cessé en premier, les vibrations, les lueurs ou les bruits de la guerre; sans doute les sifflements, les détonations et les grondements s'étaient-ils estompés en même temps. On ne le saura jamais avec certitude. Nos oreilles s'y étaient tellement faites qu'on n'a jamais tout à fait cessé de les entendre.

Des passants perdaient l'équilibre sur le sol à peu près stable; d'autres, plus tard, se jetèrent à plat ventre, écrasés par un ciel retrouvant sa densité, son relief. Momentanément, le monde nous semblait, à tous, plus déséquilibré que jamais. Les maisons, les rues, les gens surtout, tout paraissait de travers. Aucun signe de joie parmi la population.

Le premier à comprendre la portée de l'événement, bien sûr, ce fut Musicien. Nous allions tous repenser notre musique, disait-il. Celle que nous avions faite, jusque-là, avait montré des signes de l'angoisse des êtres devant l'effondrement du monde. Nous étions maintenant libres, débarrassés d'un énorme poids. Nous allions tout faire éclater. Pensez-y, disait-il, la guerre est terminée; nous serons tantôt les maîtres des bruits et des silences de ce monde.

Musicien marchait seul en avant, en regardant droit devant lui le point de fuite du boulevard. Sa voix se perdait peu à peu dans la cohue. Bientôt, on ne l'entendrait plus. Il fallait dire que nous, les élèves, sans même lui donner un signe, on avait pris la route qui longeait le fleuve; celle qui menait vers l'ancien pont, vers l'autre monde, ce monde-ci... qu'en marchant on se séparait.

Voilà, jeunes gens, mon souvenir. Le jeune maître Musicien, il s'est laissé quitter par nous sans transports, dans une presque indifférence; et jusqu'au terme de sa courte vie, trop entêté sans doute par les grandes œuvres qu'il allait donner en peu d'années, il ne tenta apparemment jamais de pénétrer notre conduite. Il nommait quête d'autonomie ce que nous appelions nous-mêmes notre fuite.

Peut-être, au moment où nous le quittions, commençait-il de se désabuser de cette vertu qui fait les maîtres à penser, et qui concerne la morale davantage que l'esthétique. On dit qu'après notre départ, refusant obstinément de gouverner de nouveaux élèves, il n'a pas mis longtemps à se désintéresser des principes exigeants de l'enseignement. Musicien était d'abord un artiste; un artiste ne fait pas nécessairement un maître à penser. De fait, si l'artiste se fait maître, ce n'est que par hasard, et non pas parce qu'il est artiste... Même que les exigences de l'une de ces vocations empêchent souvent de s'épanouir dans l'autre; voilà pourquoi il m'a fallu, pour vous servir, moi-même renoncer à la musique... ou presque.

Carnet
sur la fin possible
d'un monde

> Ne me demandez surtout pas où je vais. Je n'en sais rien, ou plutôt je vais là où j'ai peur.
> Michel Butor

> Nous mêlons toujours de nous-mêmes dans ces sentiments qui semblent venir des objets qui nous frappent.
> Eugène Delacroix

Huit, zéro, zéro av. C.

Arduina,
Arduina, ma toute petite, tu auras deux ans dans huit jours — si tu les as jamais! À cet âge, tu ne peux mesurer adéquatement les événements que

nous traversons. Voici donc, pour mémoire, les détails d'un paysage de détresse, celui de maintenant, que tu traverses avec moi, blessée dans ton innocence, et dedans, plus que la nôtre propre, l'histoire de tout un pays, qui illustre, je le crains, celle des peuples de la Terre. Ces pages, que tu liras plus tard, ont l'air de vouloir prendre la forme d'un épisode dont on n'a jamais cessé de craindre qu'il puisse être vrai.

Depuis le temps, des années en fait, que je portais sur moi ce carnet de poche et ce stylo à plume faussée, j'avais bien désespéré de trouver un jour, dans ce monde détraqué, un peu d'encre pour noter l'enchaînement des faits — l'enchaînement surtout, car les événements eux-mêmes ne peuvent que demeurer inoubliables. J'ai trouvé la bouteille d'encre hier, dans une ancienne école — j'aurais dû y penser plus tôt! — du côté de Château-Richer. Nous rentrions, avec ta grand-mère et ce qui reste de la famille, de Charlevoix, où nous avions suivi une bande de pèlerins panthéistes.

Je m'étonne que le mécanisme de la plume, l'évent, le tube d'alimentation, la cartouche fonctionnent toujours après des centaines de voyages à pied sur des routes poussiéreuses, des milliers de nuits dormies dans le froid, sous la pluie, les réveils dans la rosée, les bagarres obligées, les fuites...

Mais que je commence, dès que j'aurai dit comme je suis content de me remettre à écrire — sais-tu que ç'a autrefois été mon métier? —, par préciser où nous en sommes à cette date.

Le Contact de la Terre avec celle que nous appelons la Visiteuse, cette tache noire non identifiée venue de l'espace, doit se produire, curieux hasard, tout juste le jour de ton anniversaire. D'ici là, je consignerai de temps en temps, puisque la bouteille d'encre était à peu près vide, des remarques dont je voudrais que tu te souviennes si jamais, comme le prétendent mes amis de principe, la planète résiste à cette épreuve. Ou peut-être ce mémorandum serat-il utile à d'autres survivants, par exemple à ceux de l'Exode qui ont décidé de faire un périple en boucle, à ce couple d'enfants qui sont partis sans nous... Mais je m'explique.

Aux dires de ceux qui ont conservé un peu du sens de la réalité, ce jour serait le huitième du mois zéro de l'an zéro avant le Contact. La Visiteuse, obscure et gigantesque, d'un diamètre valant environ un dixième de celui du soleil, qui est donc près de mille trois cents fois plus volumineuse que la Terre, et qui fait son chemin dans la Galaxie, est sur le point de rencontrer notre planète. Repérée officiellement voilà vingt-cinq ans — on ne doute pas, cependant, qu'elle l'a été bien avant! —, elle n'a pas cessé de proposer des données variables concernant surtout sa vitesse et sa trajectoire, comme si elle était conduite à la manière d'un véhicule, prétendent plusieurs, donc par l'effet d'une volonté! De fait, au cours des dernières années, elle a considérablement ralenti sa course et précisé son cap. Les plus récentes observations confirment d'ailleurs ce que les astrophysiciens nous avaient annoncé comme probable il y a vingt-cinq ans, que la Terre est en plein sur sa route. Pour ce qui concerne sa masse et sa composition, le mystère demeure. C'est du moins ce qu'on nous dit... Les corps célestes ne dérogeant pas à leur orbite, il paraît impossible de calculer des rapports de masse à distance. Et aux dires des savants, certains autres moyens d'étudier la Visiteuse, moyens qui ne me sont pas connus, se sont montrés tout aussi inopérants. On ajoute que les sondes scientifiques se sont mystérieusement désagrégées avant de pouvoir analyser sa composition. Elles seraient disparues sans laisser de traces...

Je crains le jour, Arduina, s'il doit arriver, où tu me demanderas comment nous avons pu mettre trois nouveaux-nés de plus dans ce désastre. De t'entendre répondre que nous nous aimions avec la passion des désespérés te suffira-t-il? Ou que nous entretenions la conviction d'être emportés par l'Exode? Que la foi panthéiste nous rassurait sur l'avenir des fidèles, qu'au plus profond nous n'étions pas convaincus de notre proche disparition? Il faut dire ici qu'encore maintenant, plusieurs refusent de croire que la surface de la Terre sera dévastée, balayée, rasée, encore moins que la planète sera anéantie par cette énigme sombre qui n'a rien détruit dans la Galaxie, ni même en abordant les couches éloignées de notre système, alors que, selon tous les calculs, elle ne devait laisser que des ravages sur son passage. Cela a été confirmé par les derniers astrophysiciens à nous quitter avec l'Exode. Jusqu'à ces observations, on se demandait si le système solaire tout entier n'allait pas se détraquer; c'est pourquoi tant de peuples ont cru à l'Exode, certains comme à une solution définitive, d'autres, plus optimistes, comme à une migration temporaire...

CARNET SUR LA FIN POSSIBLE D'UN MONDE 89

La Visiteuse, une boule de gaz, prétendent les uns, un nuage de fines particules, affirment les autres, fonce sur nous par le côté opposé au soleil au solstice d'été, ce qui signifie que nous ne l'avons pas vue, dans le ciel diurne du continent nord-américain, depuis un peu après l'équinoxe de printemps. Et la nuit, elle avale la lumière du soleil et ne fait briller aucun reflet. Elle se contente d'obscurcir une partie grandissante, de fait, ces derniers jours, la presque totalité du firmament. Déjà, quand on pouvait l'observer de jour — mais tu ne te souviens évidemment pas de cela —, elle occupait plus de place que le soleil dans le ciel de La Malbaie.

Effrayés par cette matière étrange venue du cosmos, les peuples technologiquement avancés ont adopté la stratégie dite du Grand Déménagement. Il y a d'abord eu une vingtaine d'années de préparatifs, de construction de vaisseaux de l'espace et de matériel de survie, vingt ans d'études, aussi, et de cours de préparation à l'Exode. Dès le milieu de cette période, vers l'an quinze avant le Contact, ce furent, partout sur le globe, les guerres, les tueries, les attentats, bref, le début du chaos; chacun voulait s'approprier une place au départ. Ce fut aussi le début des grandes épidémies... Puis ç'a été l'embarquement, qui a duré trois ans. Nous qui avons décidé de rester sur Terre nommons plutôt cela le Grand Abandonnement.

C'est moi qui ai lancé l'expression, dans un message d'opinion anonyme envoyé à l'holovision nationale; ce mot m'est venu quand, à la dernière minute, et contre nos convictions, ils ont mis nos deux enfants qu'ils disaient surdoués à bord d'un des

derniers vaisseaux de l'Exode. Tu es née, Arduina,
environ un an plus tard, sous l'effet de la nécessité
de compenser cette perte — nous en voudras-tu
pour cela ? Puis je dirais qu'Ana s'est laissée mourir... C'est elle qui a voulu que tu sois prénommée
Arduina, d'après le nom d'une déesse celtique —
elle avait des racines de ce côté. Je ne sais comment
cela se peut, mais il paraît que ton nom contient le
sien, et réfère à l'âme de la planète. Peut-être la
suite du monde repose-t-elle sur toi, Arduina, et sur
ta génération...

Bien des êtres de la Terre, une minorité, mais les
plus connaissants, les plus intelligents, aussi les plus
débrouillards, faut-il le préciser, ont donc abandonné
la planète en crachant le feu derrière eux. Des milliers et des milliers d'engins — qui en saura jamais le
nombre ? — ont été une étoile de jour, puis sont disparus dans l'espace en adoptant comme premier
point de repère la position de la Terre à l'équinoxe
du printemps. Un dixième de un pour cent de la race
humaine — même pas ! — a ainsi fui, enveloppée
dans le métal, le plastique, les agglomérés. Je le sais,
j'ai un court temps assisté de près à l'assemblage
des vaisseaux, momentanément agi par l'espoir absurde de faire partie du voyage. J'étais scripteur au
service de la Propagande, comme bien des écrivains
du temps d'avant.

En vérité, l'affaire est bien plus complexe,
Arduina, mais il faut résumer, à cause de l'encre qui
est rare et pleine de dépôts.

Nous sommes tenus dans l'ignorance presque complète de ce qui se passe sur le reste du globe, les communications sont rompues depuis des années. On ne compte plus... La fuite des élites avec le meilleur de la technologie a soudainement laissé les continents en ruine. Ici comme ailleurs, tout se délabre. Depuis environ trois ans, du moins dans notre région du monde, il n'y a plus de départs vers ces mondes dont on ne saura pas de sitôt s'ils étaient viables. Parmi ceux des nôtres qui sont restés, une grande partie a déjà péri, étouffée soit par sa propre peur de mourir, soit par sa rage de vivre. C'est ainsi que notre famille a commencé à se décimer.

Ceux qui n'ont pas été appelés ou qui n'ont pas voulu participer au Grand Déménagement se sont divisés sans trop s'en rendre compte en deux communautés distinctes et quasi antagonistes : d'une part les sédentaires et les enterrés, qui attendent au fond de leurs maisons ou dans des galeries souterraines que la Terre reçoive la Visiteuse; d'autre part les nomades, pour une moitié des scélérats de tout acabit, féroces et impitoyables, pour l'autre moitié des pèlerins qui sillonnent le pays — si ce mot recouvre encore un sens! — en courant d'un site cultuel à un lieu saint, d'une cathédrale à un sanctuaire. Depuis des années, des bandes de toutes sortes ont ainsi battu le territoire à pied en grossissant leurs rangs. Notre famille est du côté de certains pèlerins, Arduina, moins par conviction religieuse que parce qu'ils nous apparaissent moins repoussants que les autres.

Au cours des dernières semaines, à peu près toutes les tribus du pays se sont rassemblées en trois hordes gigantesques, soit à l'est, à l'ouest et au sud du territoire. Aujourd'hui, ces millions de nomades s'apprêtent à marcher sur Montréal, là où tu es née. La raison en est que des savants qui ne sont pas partis, des voyants ou des charlatans, on ne sait plus, ont annoncé qu'au moment du Contact, le lieu le plus éloigné du point de rencontre serait cette île, et plus précisément le mont qui se trouve à peu près en son centre. Les Rédemptoristes et autres représentants de l'orthodoxie vont jusqu'à préciser: l'oratoire qui la domine! On dit aussi que le ciel, de l'autre côté du globe, se trouve presque totalement obscurci par la proximité de la Visiteuse, ce qui serait confirmé par nos dernières nuits d'encre, sans lune, accentuées par la présence de quelques étoiles seulement au ras de l'horizon. Tu en as développé, Arduina, comme tant d'autres, des malaises profonds, irrépressibles; tes nuits s'accompagnent d'angoisses, de suées, de tremblements...

Les nomades, pèlerins et vagabonds, ont donc convenu de rallier cet endroit supposé à l'antipode du point de contact. Mais sans doute des rumeurs de même nature ont-elles pris naissance un peu partout dans le monde, et peut-être les terriens se sont-ils simultanément lancés en troupes vers des centaines d'antipodes d'autant de lieux présumés de contact...

Sept, zéro, zéro av. C.

Ma si petite Arduina,
    Par la force des choses — ou par faiblesse, c'est tout pareil —, notre famille, décimée soit par la

crainte de Dieu, soit par celle des gens de sac et de corde, a joint les rangs de la horde de l'Est, qui s'est formée au sud de Québec, près de Charny, dans le prolongement du grand rassemblement appelé par une coalition nationale de ligues, d'ordres et de sectes. On dit que ce regroupement de blocs hétérogènes est manœuvré par les Apôtres de la Poussière, ces prêcheurs dissimulés sous des foulards et des lunettes de protection, qui voient dans la Visiteuse noire une tempête de matière poussiéreuse venue accomplir l'effacement de nos dépravations.

Ce mouvement, ennemi juré des Panthéistes, est présumé venir du Sud, mais peut-être provient-il d'un autre continent, ou qui sait s'il n'a pas pris naissance chez nous ? Ses dirigeants sont de véhéments orateurs qui proclament des hérésies et appellent à la dénonciation. Ils soutiennent des propagandes désignant les Panthéistes comme ennemis intérieurs. Les Apôtres sont associés à des petites bandes de mercenaires qui torturent pour un rien et confisquent ce qu'ils convoitent. Ils luttent contre la perversion morale avec les instruments du crime. Au risque de devoir m'en repentir, je note qu'à mon analyse, ce sont là les pires de tous les désadaptés, car il y a une doctrine exclusiviste à la clé de leurs actions. Ils se réclament d'un droit divin pour s'instituer en justiciers.

Pour l'instant, la famille se tient un peu en marge de la communauté panthéiste, par crainte des représailles commandées par les Apôtres de la Poussière. Ce qu'il nous faut accepter pour nous fondre dans la foule, Arduina ! jusqu'à te laisser jouer avec des garçonnets lunettés et portant le foulard sur le chignon !

La multivoie rapide Québec-Montréal, presque déserte depuis des années, ce matin s'est hérissée de centaines de milliers de pèlerins et de brigands, fanatiques ou désespérés, pavoisés de leur superbe ou carrément monstrueux. On prétend que la horde s'est d'abord étirée sur une dizaine de kilomètres, c'est-à-dire que lorsque la tête a touché Bernières, certains dormaient encore dans le tunnel de Québec. Cette nuée qui, du moins en apparence, n'a qu'une seule chef de file, l'opinion publique, mais qui, en fait, est à la merci des mercenaires, tous plus ou moins pillards sans scrupules, mus par des appâts creux, aurait avancé de quarante kilomètres aujourd'hui. Ce soir, paraît-il, lorsque la tête a touché Laurier-Station, la queue n'avait pas encore rejoint Saint-Apollinaire. La horde de l'Est ferait donc déjà près de quinze kilomètres.

On a beau jeter la vue tout autour de soi, Arduina, que foule! De ta hauteur, tu ne dois pas voir ces êtres bigarrés qui sont accourus de partout, par les routes secondaires ou par les champs, pour se joindre à la horde.

Six, zéro, zéro av. C.

Toujours pour ton adresse, Arduina, des mots qui sont un manquement à l'espoir,

Le voyage sera dur, assurément, surtout pour les plus faibles. Les riches, en plus d'avoir des accointances parmi les Apôtres de la Poussière, engagent des hommes de main qui se respectent entre eux et qui ne s'en prennent qu'à la foule innocente. Paient pour l'insulte ceux qui n'avaient rien dit, qui ne disent d'ailleurs jamais rien. Et si l'un de ceux-là se toque de justice et se permet de trop parler, on lui met du plomb dans le corps, on l'écartèle et on le vide, ou on le livre aux chiens affamés.

Presque chaque jour, un aventurier sort de la masse et règne quelques heures en justicier dans l'imaginaire des pauvres gens. Puis il meurt comme il était apparu, et on laisse une fleur sauvage, empreinte fragile! sur les pierres qui recouvrent sa dépouille en bordure de la route. Tes deux grands-pères, Arduina, sont disparus de cette manière... Et à midi, c'est ma sœur Alexandrine et le cousin Tom qui ont été battus à mort par des mercenaires. On a dit à ta grand-mère qu'ils avaient dû se perdre dans la cohue, mais elle connaît trop la fierté de ces deux-là pour être dupe: elle feint de croire notre histoire, sans doute pour nous rassurer. J'ai sommairement enterré ta tante Alex près de Val-Alain, mais je n'ai pas retrouvé le corps de Tom. Les morceaux de cadavre qu'on m'a proposés contre une somme ou de la nourriture n'étaient pas identifiables.

On dit ce soir que la tête dort à Saint-Louis-de-Blandford et que la queue achève de se rassembler aux environs de Villeroy, près de vingt kilomètres derrière... Mais je dois m'arrêter d'écrire ici et retourner vite parmi les autres. Il serait dangereux de demeurer à l'écart plus longtemps; les mercenaires et les prêtres honnissent les solitaires et les écriveurs. Sans compter que je ne peux supporter de te confier à d'autres bras plus d'un quart d'heure...

Cinq, zéro, zéro av. C.

Je te vois si petite, Arduina, mais je m'adresse à toi comme à une grande,

La foule a perdu toute attache, elle a remis son sort entre les mains du ciel, et de la Visiteuse, comme on s'offre en sacrifice. Le ciel, cependant, n'a pas encore répondu, cela se fera dans un peu plus d'une centaine d'heures. En attendant, nous vivons en parasites de la route que nous suivons. À peu près personne ne produit plus. La majorité espère un miracle de cette croisade. Voilà sans doute pourquoi, en ce troisième jour de marche, on retrouve, en tête de ce convoi d'espérance, des prieurs et des prieuses qui appellent sur leurs épaules de bure le poids de toutes les fautes du monde. Ils illuminent leur visage d'une flamme inextinguible qui élève leurs prières. Leurs dieux sont multiples, mais ils ne s'adressent qu'à eux, soit par le cri ou par le silence, par la danse ou par la marche, par l'intermédiaire des éléments ou par leur seule foi. Garderas-tu en mémoire des images de tout cela, Arduina, ou feras-tu abandon de ce passé ?

Au cœur de la foule, il y a les petits, comme nous, les derniers survivants de la famille qui, au contraire de tes grands-parents, ne sommes ni des héros ni des aventuriers magnifiques, désintéressés, cyniques, joueurs ou moralistes. Pour les êtres de notre sorte, la fin l'emporte sur l'exploit. Notre désir n'est pas de nous accomplir, mais de survivre. Si nous errons, ce n'est pas par désir d'errance, et si nous suivons la horde, ce n'est que parce que nous avons peur de la solitude qui sera la nôtre quand tous les chiffres seront à zéro. Les aventures, les distances, les étapes nous brisent plutôt que de nous grandir. Nous sommes dominés par l'épouvante. Notre seule prouesse est de marcher. Si nous ne nous respectons pas les uns les autres, c'est parce que nous n'avons plus aucune audace et parce que notre révolte rampe à ras le sol. Si nous sommes sans feu ni lieu, c'est que le feu nous a été volé et que le lieu de notre accomplissement s'est sauvé devant nous.

Cet après-midi, le plus jeune fils d'Alexandrine s'est enfui par les champs aux environs de Sainte-Eulalie, terrorisé par... tout ça! Je ne sais combien de temps maman va résister à ces disparitions. Après la mort de papa, l'année dernière, lors des émeutes de Cap Trinité, la famille comptait quatorze membres. Depuis tantôt, nous ne sommes plus que six. Nos morts, souviens-t'en Arduina quand tu voudras savoir quelle communauté d'existence t'a moulée, se sont tous en allés avec le mot justice aux lèvres.

Des hommes suivis de tombereaux ramassent les restes de nourriture qu'on nous repassera demain en galette. On en viendrait presque à envier ceux qui prient, juste parce qu'ils ont l'air de savoir ce qu'ils font.

Quatre, zéro, zéro av. C.

Arduina, n'oublie pas les baisers d'enfant que tu auras mis sur ma joue,

Le quatrième jour de marche vient de s'achever. La horde s'est installée pour la nuit de Sainte-Hélène-de-Bagot jusqu'à Drummondville, sans doute donc sur une distance de vingt-cinq kilomètres. Cette foule fatiguée, rompue, en plus de ses bandits et victimes, de ses êtres mus par la crainte de Dieu et de ses frondeurs, est faite de tout ce qui compose un monde: des enfants, des vieillards, des femmes et des hommes, bonnes gens tout emmêlées dans leur fatras, ébranlées dans l'article de leurs croyances. On dirait des marins indisposés sur un navire ingouvernable. Cette foule n'a pas la beauté des grands nomades, seulement leur misère.

Dans ce paysage d'apocalypse, la horde refait appel aux forces élémentaires qui font vivre ou périr, mais il n'est pas facile de se pencher sur ses fondements quand on a sur le dos des siècles de vertus centrifuges... À preuve, ce récent surgissement de quelques-unes des plus tenaces aspirations vers le pouvoir: on dit ce matin que les Apôtres ont entrepris de se liguer aux marchands — qui se comportent plutôt comme des trafiquants. Seule, donc, la multiplicité des forces peut encore nous prémunir contre une tyrannie légitimée. La multiplicité et la marche en avant. Toujours la marche, ma pauvre Arduina, jusqu'à la rencontre avec la Visiteuse, cette... étrangère qui décidera de tout.

Au cours des deux derniers jours, se sont joints à la horde, ou ont émergé d'elle, des bateleurs de toutes sortes, jongleurs, bouffons, prestidigitateurs, travestis ou monstres de cirque, charlatans, conteurs et prophètes de foire. On dirait que la horde espère naïvement trouver, chez ces amuseurs, certains diront une voie qui mène à la sagesse ou à la paix intérieure, moi, je dirais plutôt que la horde cherche une piste d'évitement, un dérivatif à ses angoisses les plus sourdes. La plupart, tournés vers le plaisir et l'oubli, se permettent ce à quoi, jusque-là, ils se refusaient, y compris les extrêmes que sont la prière et le crime. Plus d'interdits, donc, dans cette masse désespérée, plus de tabous ni de lois. Aussi chacun est-il embrouillé dans le croisement de ses désirs et de ses craintes. On redoute les égorgeurs et les voleurs, car le crime est devenu son propre objet, nul n'a plus besoin de mobile. La zone floue entre le légal et l'illégal a disparu. On ne sait plus à qui ou quoi s'affrontent les bandits et les assassins. Tous sont suspects, aussi bien les palabreurs que les saints, ces obsédés de pureté, mutilés et mutilants, durs jusqu'à la sottise et joyeux dans le supplice.

La horde est suivie, dit-on, par des bêtes et des oiseaux de proie qui gobent les restes et achèvent les retardataires et les mourants abandonnés en queue de parade. Tu fais le trajet sur mes épaules, mon Arduina, ou au bout de ma main. On dirait que tu cherches à te figurer, les paumes sur les paupières, le tableau qu'un livide nous trace des misères de ceux qui ont choisi la vie souterraine. Je fais serment que nous n'irons pas comme eux nous enterrer dans des cavernes; tu me retournes un sourire que je veux interpréter comme un signe de compréhension et de contentement.

Trois, zéro, zéro avant C.

Je n'ai plus, Arduina, que deux... pulsions: m'occuper de toi et accrocher des mots les uns aux autres jusqu'à épuisement de l'encre,
Nous avons pris du retard à l'intérieur de la horde. Hier, nous couchions près de la tête; ce soir, si nous dormons, ce sera près de la queue. La raison en est que maman a décidé de s'arrêter vis-à-vis Saint-Hyacinthe. Elle refuse obstinément de continuer. Colette, la plus jeune des filles, s'est trouvée atteinte, aujourd'hui, d'une de ces maladies infectieuses, la typhoïde ou la dysenterie, on ne sait trop, qui emportent tant de monde. Refusant de vivre cette mort lente, elle s'est jetée dans la Yamaska.

Je ne comprends pas que la horde grossisse sans cesse alors que tous ces gens meurent chaque jour. Demain, je porterai maman sur mon dos, et tu te tiendras à mes côtés. Pour la première fois, Arduina, tu devras marcher seule, jusqu'à l'épuisement. Mais je sais que tu n'es pas sans courage...

Ces êtres colorés que tu montres du doigt, Arduina, ce sont des poupées déchues, hommes ou femmes, qui continuent de s'encanailler en feignant d'ignorer qu'elles n'en retireront que la possibilité de vivre un peu plus. Les lames volent bas, même pour les nonnes, dont les vœux ne refoulent plus les désirs dont elles sont l'objet. La terreur règne partout, même si elle n'est véhiculée que par quelquesuns; l'indifférence générale dans la marche en avant est sa meilleure garantie, car la foule est solitaire, enfermée dans sa folie. L'attente anxieuse la rend étrangère à elle-même. Tout se passe comme si elle fuyait sa propre besogne, sa propre fuite! Elle a quitté ses lieux d'origine, appelée par l'ordre du cosmos, ou son chaos.

Deux, zéro, zéro av. C.

Arduina, tes yeux sont des parures froides,
   La horde entière, depuis le matin, et avec de plus en plus d'insistance, se plaint d'essoufflements, d'étourdissements, d'engourdissements. Toi et moi comme les autres, Arduina! Ou plutôt non: on ne se plaint pas, on subit en silence... J'ai quand même pu transporter le corps de maman sur une vingtaine de kilomètres. Puis nous l'avons enterrée près du Richelieu, selon son vœu. C'est à quelque trente-cinq kilomètres de Saint-Ours, son village natal, mais c'est quand même sur le bord de sa rivière.
   Nous ne sommes donc plus que quatre, ma petite Arduina: la cousine Léa, mon frère Félix, toi et moi. En fait, ils ne seront plus que deux, car j'ai décidé, malgré les céphalées et les palpitations, que nous continuerions sans eux. À l'arrivée au grand rassemblement de Boucherville, profitant du quart de sommeil de Léa et Félix, je t'ai mise dans une poche percée de trous pour les jambes, et je t'ai transportée sur mon dos une bonne dizaine de kilomètres, jusqu'à l'île Sainte-Hélène. Partout, la cohue s'égosille et s'agite de façon incontrôlée; on la dirait possédée.

Les religieux traditionnels, qui ne la dominent plus, ont perdu tout prestige; quelques-uns seulement, aveuglés par la proximité de l'apocalypse, l'air extatique, s'acharnent à fustiger les moribonds. On remarque dans la foule de plus en plus d'êtres brisés, défaits et refaits, écarts dans l'ordre de la nature, des êtres inclassables, aberrants. Il leur manque une moitié du corps, il leur a poussé une bosse grosse comme la tête sur l'épaule... Ils font rire ou pleurer. On les fixe, comme on redoute une question sans réponse, ou on détourne le regard, indifférent aux réflexions que ces inclassables suscitent au plus profond de l'être. Des enfants se sont vêtus de façon extravagante, en signe de désespérance; ils se sont tailladé le visage, brûlé le corps, coloré le crâne. Je ne peux pas ne pas remarquer ta fascination, Arduina.

Un, zéro, zéro av. C.

Ma si légère, Arduina!
L'accès à l'île n'a pas été simple. Dès le lever du jour, les masses couchées aux portes de la ville, telles une débâcle, se sont disloquées et ont enfilé les tunnels dans un formidable désordre de gens déséquilibrés ou appesantis. Ceux qui vivaient sur l'île avant notre arrivée protègent leur espace comme leur propre vie. La foule semble plus divisée que jamais depuis que les antagonismes se retrouvent sur le même terrain. Il y a ceux qui se sacrifient jusqu'à la célébration et ceux qui célèbrent jusqu'au

sacrifice. On ne sait plus, dans la confusion des masses, qui prie et qui tue, qui jouit et qui meurt.

L'objectif de la plupart est de se rendre au sommet de la montagne, ce recoin de l'île le plus rapproché du ciel, emplacement sacré sans doute, lieu des plus hautes manifestations. Aujourd'hui axe du globe, milieu du monde. Nombril supposé de la planète. Pour y accéder, disent les Panthéistes, il faudrait idéalement se purifier, se tremper dans le fleuve et y laisser ses fautes; il faudrait plutôt se confier à des confesseurs, disent les Rédemptoristes et tutti quanti. Je n'ai plus le goût d'avaler ces sornettes par cœur, encore moins de les prêcher à mon entourage! Il n'y a plus de place, dans cet univers, pour l'idéal, pas plus qu'il n'y a d'espace pour plus de gens sur la montagne. Ceux qui refusent l'ascension, qui disent que la montagne ne représente que la prétention des êtres à se rapprocher des dieux, sont trop peu nombreux. Je suis moi-même nouvellement de ceux-là qui refusent d'aller où tous les autres veulent se rendre. Je ne désire plus le désir de l'autre, et me contente d'être à la hauteur du hasard... Ils sont donc un million, deux peut-être, ou trois à tenter désespérément de s'approcher en même temps de la montagne et de l'Oratoire. La bousculade est incessante.

Et puis il y a ces bandes d'animaux sauvages ou redevenus tels qui circulent tous azimuts dans l'île, en quête d'un sens à donner à leur nombre. Les esprits les plus surexcités prétendent avoir vu parmi ces bêtes des licornes, des centaures, des dragons ou autres créatures fabuleuses; des mécaniques, des hologrammes, des fantômes même! Ça te fait peur, Arduina, je le vois bien. Les vaches écrasent les loups, dans ces récits, les poules picorent les chiens et les moutons montent à cheval. Ça, ça te fait rire! S'il est vrai que l'âme des collectivités ne se lit jamais mieux que chez les affabulateurs... Mais voilà une patrouille de mercenaires, je dois retourner dans la foule; les hommes d'arme des Apôtres — c'en sont — n'ont jamais été aussi cruels que ces derniers jours.

Tantôt, vers onze heures, le ciel s'est tapissé d'une image terrifiante. La foule s'est tue en trois secondes. Toi-même, Arduina, tu as senti que quelque chose d'étrange se développait. Une bande noire, qui n'a pas cessé de s'élargir depuis cet instant, s'est hissée sur l'horizon, tout autour de nous. La Visiteuse, derrière la planète, déborde dans notre ciel, comme si elle présentait une face concave! Chaque point du rebord de l'anneau se trouve à une égale distance du noyau interne de la planète et, en surface, de l'île et du mont Royal. Pas de doute: le Contact avec cette traînée de particules à face creuse est proche, sinon déjà amorcé de l'autre côté de la planète. Cela confirme, Arduina, que la Visiteuse n'est pas un corps solide — sans quoi la Terre se serait désagrégée à son approche...

Je ne sais plus ce qu'il faut croire ou faire, s'il faut cracher au visage des Apôtres de la Poussière pour mourir d'un coup sec, s'il faut moquer les pèlerins rédemptoristes et panthéistes, pour ne pas périr sans ironie, ou s'il vaudrait mieux adopter la prudence crasse de la majorité silencieuse, celle qui sillonne les routes ou qui creuse des galeries en tous sens, qui attend...

Le soleil est maintenant à son zénith. De l'espace, par exemple au regard de ceux de l'Exode qui ont dessein de revenir sur Terre — s'ils sont tournés vers nous —, le globe doit ressembler à une pupille bleue sertie dans un iris noir, crient les Apôtres. Mauvais œil! Œil d'enfer qui condamne ceux qui ont fui avec leurs fautes plutôt que de les expier! Ils subiront l'inquisition à leur retour... s'ils reviennent jamais.

On ne sait toujours pas ce qu'ils voient, ce qu'ils vivent de l'autre côté de la planète, tout se passe même comme s'il n'y avait plus d'autre face du monde... Nous saurons bientôt, Arduina, s'il nous restait beaucoup ou peu de temps à vivre, et si tu liras un jour ces notes sur la fin possible d'un monde.

L'auréole noire n'a pas cessé de s'élargir inégalement durant la suite du jour, jusqu'à la noirceur complète. La lune n'est jamais apparue. L'humanité, à genoux, attend que la Visiteuse de l'espace décide de son sort. Une immense fatigue et des douleurs névralgiques affligent tous les êtres, certains se plaignent de sensations de brûlures cardiaques, la plupart ont le blanc de l'œil brillant et perdent abondamment leurs cheveux... On ne fait plus la différence entre les pleurs et les prières que l'on entend. Tu te blottis sur toi-même, Arduina, comme un animal épouvanté.

La peur du noir appelant la lumière, des feux ont été allumés partout dans l'île. Des maisons, des édifices, des parcs sont devenus la lumière des êtres. Jamais nuit ne fut plus noire en elle-même et plus éclairée par ses habitants. On entretiendra ces torches à la démesure de notre terreur jusqu'au retour de la clarté du jour, si cette clarté doit jamais revenir. Nous attendons de voir, Arduina — te souviens-tu de ces heures terribles? —, s'il y aura encore un monde, et si nous en serons.

On dit que l'Oratoire est en feu. Mais cela n'est rien à côté de la ville écroulée qui flambe sous la tempête de vent. Même là où le feu ne sévit pas, tout se brise, se disloque, se désagrège: les grands édifices s'écroulent inexplicablement, les ponts, les pylônes, les restants de véhicules qui encombraient les rues s'émiettent et n'ont pas le temps de joncher l'île de bancs de poussière; ces particules disparaissent mystérieusement en se mêlant à l'air. Les Apôtres de la Poussière triomphent sous les lunettes et le mouchoir. Leurs chefs visent maintenant les pleins pouvoirs sur la nation, leurs mercenaires commencent de se constituer en police... Qui sait ce que vous souffrirez sous leur emprise, Arduina, toi et tes enfants, si le monde ne périt pas!

La terre tremble sans arrêt. On respire à peine, comme si le vent charriait de la suie. Les yeux de ceux qui ne sont pas protégés par des lunettes ne supportent pas longtemps ces corps étrangers et se ferment sur la nuit. On s'enfouit le visage dans des mouchoirs mouillés en attendant la fin. Malgré nous, on a tous l'air d'aspirants Apôtres... La cohue veut rejoindre les enterrés au fond de leurs tanières dans l'espoir de respirer au moins à moitié. Pour assurer ta survie, Arduina, je me suis dédit de ma promesse de ne pas nous engouffrer dans des souterrains, et je t'ai entraînée jusque dans un tunnel obscur du métro, au milieu d'une faune vindicative.

L'île vacille sur ses fondements. L'écorce terrestre a tout l'air de se déformer, les tremblements de terre s'accompagnent de raz de marée. De fait, l'eau a envahi les rives et est venue tout près de nous ravir, Arduina, tandis que nous marchions dans la vieille ville. On dit que le fleuve a emporté des gens par dizaines de milliers...

La fin du monde tarde à venir. La Visiteuse a de nouveau ralenti sa course, au point d'envelopper la Terre durant des heures — alors que sa vitesse d'il y a quelques années laissait présager que la rencontre ne durerait que quelques secondes... J'ajoute frénétiquement à ce carnet, Arduina, et le mettrai bientôt dans ton sac à dos... de crainte de ne pouvoir échapper aux conséquences de certaine fièvre, de la baisse soudaine de pression et des hémorragies intestinales qui l'accompagnent.

Zéro, zéro, zéro...

Ma vivante Arduina!
    Le monde n'est donc pas complètement détruit! Et il semble bien qu'il ne le sera pas de notre vivant.

Ça hurle de joie, ça danse presque dans les rues. On
en oublie les perturbations vaso-motrices, la difficulté à avaler, les signes d'anémie, la peau parsemée
de taches brunâtres, les ongles concaves qui se
brisent ou tombent... J'ai failli dix fois te perdre
dans la cohue, Arduina, au sortir de notre terrier,
qui était un tunnel de métro.

Le lever du jour, cet instant lumineux par lequel
les choses surgissent à l'être, s'est répété tantôt. Je
ne croyais pas que nous reverrions cela ensemble...
L'air, cependant, poudreux, sali, semble engorger
l'espace entre les choses. Ce qui était, hier, une
bande noire sur l'horizon s'est transformé en une
auréole blanche couronnant la Terre. Le soleil s'y
lève, un peu blême, un peu terne, et jette un filet de
lumière sur la ville mate. Ce qui était un ciel bleu
enchâssant un soleil est devenu une tache ronde et
noire obstruant encore une vaste partie du ciel.
C'est la Visiteuse qui continue sa course dans l'espace après avoir traversé la Terre... Mais ce que je
dis est absurde : c'est la Visiteuse qui s'est jetée sur
la Terre pour être traversée par elle, pour l'avaler
un temps et s'en nourrir. On pense en fait qu'elle
s'est alimentée de certains métaux, on ne sait pas
encore exactement lesquels, qu'elle a transformés
en sa propre substance. Mais ce ne sont là que des
hypothèses préliminaires... Certains, surtout les
Apôtres de la Poussière, considèrent la Visiteuse...
je dirais comme ayant une existence propre, donc
comme un être d'entendement, vivant et raison-
nable ! qui aurait épargné la Terre en ne modifiant
pas substantiellement sa masse, de fait, en ne lui
arrachant pas sa partie centrale qui est constituée

en grande partie de fer. Sinon, disent-ils, comment expliquer que ce fer, pour un, après le passage de la Visiteuse, ne soit en déficit qu'en surface, et chez les êtres?

Il ne reste donc plus, Arduina, qu'à épousseter et à repolir le monde, à le rebâtir, professent unanimement les Apôtres de la Poussière et les Rédemptoristes en se partageant le pouvoir... D'autres espèrent en silence que la Visiteuse, qui paraît pouvoir modifier sa trajectoire à son gré, ne s'en ira pas du côté d'une faction ou l'autre de l'Exode, qui n'est qu'aggloméré, plastique... et métal! Et que l'intelligence nous reviendra un jour, que ce soit de l'espace ou de nous-mêmes.

Les lignées du Grand Chien

Le plus grand mystère n'est pas
que nous soyons jetés au hasard
entre la profusion de la matière et
celle des astres; c'est que, dans
cette prison, nous tirions de nous-
mêmes des images assez puis-
santes pour nier notre néant.

André Malraux

[...] je suis autre dans la manière
dont je suis moi.

Fernando Pessoa

*Sur une plate-forme stationnaire de transit, aux con-
fins de la constellation de la Licorne.*

«Approchez, bonnes créatures, approchez! Les
Pèlerins de la Grande Marche ouvrent leur temple
afin que tous puissent entrer en retraite avec
eux...»

Un rabatteur de public, bigarré comme un vieillard, tente d'attirer l'attention d'une foule plutôt tumultueuse rassemblée près du temple.

« Les Pèlerins vous proposent un invité Discoureur qui était sur Threa du Grand Chien lorsque le maître Isome a eu la Révélation. Il a aussi fréquenté le théogénicien Delmen et sa femme Cara... Venez tous, de quelque espèce que vous soyez, les Pèlerins vous invitent ! »

À l'entrée du temple, les Pèlerins orthodoxes, armés jusqu'au sommet du crâne, selon l'enseignement du Prophète, disent-ils — ce qui est contesté par d'autres —, vendent des billets d'entrée aux plus crédules, sous l'œil agacé de Pèlerins Méditatifs qui ne portent ni armes ni atours.

« Le Discoureur invité a même été servi à table par Isome, le futur Grand Prêche, l'Initiateur de la Grande Marche, quand Isome commandait la domesticité chez Delmen et Cara... Passez dans le temple, bonnes créatures ! »

Le Rabatteur a tout l'air d'un hybride de valeur assez élevée, un 4^5 au moins, qui fait tout pour paraître engagé, mais qui trahit des tics d'une étrange neutralité...

« Les nucléons d'identité du Discoureur le décrivent comme un Prêche itinérant, un hybride de valeur 6^6 venu de la constellation de la Lyre. Nous savons aussi qu'il a été mêlé aux événements qui ont déclenché la Grande Marche. Entrez, tous autant que vous êtes, le temple des Pèlerins est à vous... »

Le facteur 6^6 est assez près du Concept original d'humanité, tous le savent, pour que le Discoureur *puisse prétendre sans contestation au droit de s'adresser à la foule sur une question de destinée...*

«Entrez dans le temple des Pèlerins, l'invité Discoureur vous révélera comment le destin a réuni puis séparé le maître Isome, le théogénicien Delmen et Cara. Ce qu'il dira aura valeur de témoignage. Laissez vos armes à l'entrée...»

La foule s'engouffre nombreuse dans le temple en manifestant bruyamment, tandis que les Pèlerins orthodoxes scandent des slogans à la gloire d'Isome. Peu à peu, cependant, sous l'impulsion des Pèlerins Méditatifs, l'excitation fait place au recueillement.

Après un temps, celui que chacun reconnaît comme l'invité Discoureur entre par l'avant du temple et s'en va sur le socle du prêcheur attendre, selon le précepte, les exhortations de l'assistance. C'est le vieillard Rabatteur qui tient le rôle de la foule.

«Toi qui foules le socle de prêcheur, es-tu Discoureur?»

Le Discoureur présente une main, la paume tournée vers l'auditoire, pour montrer ses bonnes intentions.

«Je le suis.

— As-tu le droit de t'adresser à la foule?»

L'invité Discoureur exhibe la face pâle de ses deux mains.

«J'ai ce droit, autant par conception que par la force d'Isome; aussi par la puissance de ses disciples qui m'invitent à parler dans leur temple.»

Quelques-uns sont perplexes; leurs psychoconteurs subissent des interférences: ou bien il y a des Boréaliens de la Couronne dans le temple, ce qui serait surprenant en cette période de troubles électrostatiques, ou bien il y a des brouilleurs à l'holmium.

« Ce que tu as à nous dire vaut-il le risque que nous prenons à t'écouter ? »

Le Discoureur dépose sa bourse personnelle, ses bijoux et un coffret entre la foule et lui.

« Vous vous partagerez mes biens itinérants et vos dons si ma parole ne vous enrichit pas.

— Et nous te donnerons le double si nous sortons d'ici en vie et plus sages qu'à notre réveil. Vas-y : lance ton enseignement. »

Le Discoureur examine la foule un long moment. Il fait le détail des origines et des croisements; il cherche dans la cohue des regards de Delméniens et d'Isoméens. Le silence pèse lourd sur l'assemblée. Le Discoureur hésite encore. Il se tâte trop longtemps; quelqu'un crie, sans doute un hybride Cétusien: « Qui brouille les psychoconteurs ? Est-ce toi, Discoureur de la Lyre, ou les Pèlerins armés ?

— C'est eux et moi, car ce que je vais vous dire est bien un témoignage, mais c'est aussi... une fiction. Nous devons donc brouiller les conteurs... »

Les derniers mots se perdent dans un murmure indicible, fait de sonorités inquiétantes, de voix hétéroclites. Ce satané Discoureur était donc un Conteur, qui va mettre de sa personne dans ce qu'il dira! L'assistance est partagée. Quelques-uns, attirés par le mystère ou par l'illicite, frappent dans leurs mains ou font craquer des parties de leur corps. D'autres, leur audace apeurée, se voilent le visage ou éteignent leur écran d'identification; s'il fallait que des milices boréaliennes surgissent... La frayeur a frappé. Les décodeurs de tension publique, installés pour la circonstance au premier balcon, enregistrent des variations de 8 à 8,5 à l'échelle de Berkeley, ce qui fait mal

*présager de la suite. Et ça monte autour de 9, avec
des pics à 9,5 à la fermeture des grandes portes.*
*Le Discoureur a une décharge d'adrénaline bio-
synthétique qui lui remet la parole en bouche...*

Les coordonnées spatio-temporelles des événements qui nous intéressent sont hgh/pm/31:31/08.6;
le lieu: Threa du Grand Chien, évidemment, et plus
précisément la méga-cité des théogéniciens.

Déjà, à cette époque, Threa était un véritable la-
boratoire génétique à ciel ouvert; c'était la planète
de la galaxie la moins prémunie contre tous ces mo-
des de croisements contre-indiqués entre dérivés
humains, ou d'autres mutations génétiques suspectes impliquant par exemple des technogènes; on
peut même affirmer que les paramètres d'exo-
humanité avaient été atteints depuis longtemps. Il y
avait aussi sur Threa des hybrides de toutes caté-
gories et une exorbitante variété de codes, des plus
aux moins spécialisés. [*Le Conteur dénote quelques
frémissements dans la foule.*] Je ne parle pas de robots, vous le savez, qui sont en proportion négligea-
ble; je parle de codes, ces êtres synthétiques pour-
vus de pensée... Une pensée cadastrée, bien sûr, qui
n'a théoriquement pas accès au plan des émotions,
mais une pensée quand même.

Lorsque je suis arrivé sur Threa pour y mener
quelques recherches mineures sur ces desiderata
génologiques, la rumeur courait déjà, dans certains
milieux où les potins étaient tolérés, que le grand
Delmen — Archie-Hull-AV.9.9.71-Moe Delmen —, qui
avait toujours été un adversaire acharné de ces

mutations en croissance exponentielle, avait secrètement réalisé la reproduction exemplaire. Le double parfait; non pas celui qui reproduit les caractéristiques de son modèle, mais celui qui est à la fois le double et le modèle. Delmen, disait-on, avait réussi à provoquer l'osmose entre les deux entités. En d'autres termes, il vivait simultanément dans les deux êtres, profitant des connaissances nouvelles, des expériences, des sensations de son duplicata comme des siennes propres, et vice versa. Delmen était double.

Mais c'eût été mal connaître ce cerveau hors du commun que de croire qu'il en resterait là. Il se remit immédiatement au travail, et doublement si je puis dire. Son but: se tripler, se quadrupler; se décupler. Se multiplier à l'infini pour opposer sa prolifération à celle des mutants. [*Le raconté gonflant toujours le réel, il glisse sur une partie de l'auditoire un souffle d'effroi.*]

Ma mission sur Threa m'amenant à fréquenter Delmen d'assez près [*D'autres bruissements dans la foule.*], je fus invité à sa table privée, dans son aire de séjour. Or, c'est là que j'ai vu, pour la première fois, le code Isome qui dirigeait le service et qui distribuait lui-même le boire et le manger à certains invités et aux hôtes.

Son regard, je l'affirme, était triste, imperceptiblement vague, flottant; d'autres auraient dit distant, ou même méprisant s'il ne s'était agi d'un code. Je dirais qu'il avait l'air contemplatif. [*Les Pèlerins Méditatifs trouvent satisfaction dans ce mot; cela se traduit sur leurs visages par un très léger sourire de contentement... qui a peut-être quelque résonance parmi l'assistance.*] Sans doute, à ce moment-là, quelque chose de déterminant s'était-il déjà déclenché dans son être.

On note dans les biographies qu'Isome était doué d'un exceptionnel pouvoir d'observation; je vous dis, moi, que ce pouvoir que l'Initiateur avait toujours tourné vers l'extérieur était, à cet instant très précis, braqué sur l'intérieur. Et Delmen, sans doute aveuglé par la proximité ou peu enclin à se mettre en peine pour les codes domestiques, ne se doutait de rien. Mais qui se serait méfié d'un code de service? [*Quelques timides battements et craquements de membres dans l'auditoire. Des marmonnements aussi.*]

C'est peut-être ce même soir, ou un autre du même cinquaime, que la Révélation toucha Isome. En voici la relation interprétée.

Emmuré comme jamais dans un corps hors de sa maîtrise, dans un univers social rétréci, cerné par les objets et les machines, reculé par les barreaux de sa propre conscience artificielle, Isome ressentit, je dirais pour la seconde fois de son existence, une sensation qui l'avait déjà habité une fraction de seconde et qui l'avait immédiatement abandonné; plus précisément, se régénéra en lui l'intuition fulgurante d'un concept archaïque dont on trouve parfois la trace sur les para-ondes: la faculté de se déterminer selon ses propres motifs. Premier comportement paléocéphalique.

Dans les parcelles de temps qui suivirent cette intuition, Isome pressentit deux choses. D'abord cet intime frissonnement lui fit entrevoir avec lucidité que quelque chose d'important se dessinait dans

l'Histoire, quelque chose de magnifique ou de terri-
ble, personne n'aurait alors su le dire: un grand
changement ou la perpétuelle continuité dans le
chaos. Bref, se dessinait dans l'esprit d'Isome les
pôles d'une apocalypse: mort (déferlement de catastrophes, de misères et d'épreuves, écroulement des
pouvoirs, déchirures et embrasements dans
l'espace, fracas des multitudes...), mort donc, puis
renaissance. Tout son être plongea le plus profondé-
ment qu'il put dans la durée; il n'y avait là que
solitude. Deuxième comportement paléocéphalique.
Ensuite, Isome ressentit très intensément, phy-
siquement, une suite de troubles plus immédiats. Cela
réfère à la détresse par angoisse. Troisième comportement paléocéphalique. Et il y en aura d'autres,
bien d'autres...

Ailleurs, à la même seconde, dans un atelier
d'entretien, un mécanisme d'urgence se mit en branle, affichant d'abord l'intensité 5 (un triple comportement rachidien est une chose grave!), puis l'intensité
8, car le circuit autocritique et l'homéostat des humeurs d'Isome demeuraient muets, dominés par
cette nouvelle impulsion multiple que je résumerai
par l'expression «désir d'être». [*Acclamations nourries
d'une partie du public; réserve ou ennui chez les
autres.*] Ce désir, par définition séditieux, était plus
fort que la quiddité codique. Il y eut urgence d'intensité 10! Le Révélé était devenu une petite blessure du
grand organisme, une éraflure, une partie sensible
qu'on isole du monde ambiant par un bandage. À cet
instant précis, Isome aurait voulu être tout, un Solarien, un poly-vertébré-Cassiopéen [*Rires partagés.*],
un cérébro-Zéléolithique, un céphalo-Antarésien

[*Rires accrus mais dissemblables.*], un glécho-
Bételgien, tout et n'importe quoi, sauf un code. [*Silence lourd, accusateur ou satisfait.*] Bien sûr: le servi-
teur envie toujours ses maîtres...

C'est ici que survint cet événement singulier que
rapportent continuellement les Delméniens dans
leur propagande anti-isoméenne. Je veux parler de
la scène du rouge dans l'aire privée de Cara. [*Vocifé-
rations dans le temple, déplacements de groupuscu-
les, empoignades et échanges de coups; objets divers
venant s'écraser dans le champ magnétique. Le Conteur commence de bien lire les sympathies et les anti-
pathies. Les gardes sortent de derrière les tentures en
affichant leurs armes. Le calme revient lentement.*]
Que vous soyez ou non fidèles aux enseignements
du Grand Prêche, écoutez-moi. Je ne vous mentirai
pas sur l'essentiel. Voici la fiction de ce que je sais.

Personne encore, à cette étape de l'histoire,
sinon quelques techniciens du C.C.C. (le Centre de
contrôle de la codification) n'a eu connaissance de
ce qu'on appelle maintenant la Révélation et que les
Delméniens persistent à considérer comme une
fugue. Profitant donc toujours de la possibilité de se
déplacer dans l'aire du Grand Delmen sans éveiller
les soupçons, Isome va se réfugier dans les appartements privés de Cara. La ruse est subtile. Qui ose-
rait aller chercher un code en situation d'urgence 10
(sur un maximum de 20) jusque dans la pièce de lit
de l'intimidante Cara?

Mais en même temps, Isome frémit de peur,
d'une double peur. D'abord de celle, inexplicable,
reliée aux mécanismes d'urgence de la méga-cité,
aux perspectives de trépanation et de vivisection,

de refonte des circuits centripètes, la peur du retour à une norme exocéphalique (l'endocodification); puis de celle, inexplicable, se traduisant par une sensation déplaisante de malaise profond et obscur, une insécurité tout intérieure et un désir inconscient d'exprimer un manque. Isome est déchiré par une tension physique qui n'arrive pas, pour des raisons liées à des résidus de codification, à passer dans le psychique. L'angoisse tenaille, tourmente Isome. Son contact avec la réalité est affaibli. Or, la chambre de Cara est un lieu quasi irréel, tout plein de miroirs, de trompe-l'œil; le plafond est en abîme, des fenêtres donnent sur l'épicité, le mobilier date des temps anciens, la moquette est hallucinatoire. Puis il y a les objets! Ces précieux articles décadents caractéristiques des coutumes endohumaines observées par Cara. [*Quelques murmures d'un nouveau genre proviennent des balcons.*]

Isome va s'asseoir sur un fauteuil de style, devant une table de toilette de l'ancien modèle, haute, avec des tiroirs et un plateau de marbre où reposent des accessoires en porcelaine et des flacons. Un miroir ovale réfléchit sa solitude, son extrême désemparement; sa réclusion, sa perte. Ille ignore si l'aventure lui fait perdre ou vaincre la norme. Ille ne saurait dire que la vie n'a plus de sens; au plus profond de son être, le sens n'a plus de vie.

Isome examine sur le mode de la découverte l'alliage de sa main et à travers elle, son époque. Ille voudrait être ailleurs, dans le temps et dans l'espace; de préférence dans le futur. Ille touche l'insuffisance de l'existence, l'amertume, le renoncement. Le désespoir. Urgence, intensité 12. Isome ne répond plus à l'appel de la réalité... et s'abandonne à un double fantasme. Ille se dévêt lentement, prenant soin, entre chaque abandon de tissu, de bien examiner la nouvelle partie dévoilée de son corps, son articulation, sa couleur, son reflet, comme s'ille ne s'était jamais examiné auparavant.

L'épaule, le bras, le poignet; les nœuds d'articulation, les registres digitaux, les gicleurs de photorestauration; le pied, la jambe, la cuisse; les voyants interrupteurs, les damiers circuitoires, les enclaves organiques; le torse, entre le collier et la ceinture charnels, le ventre un peu rond; les pontotransmetteurs, les comportomètres, les aires inhibitrices; puis l'œuf, comme disent les dévoyés des para-ondes, le «lieu», dans le langage des psybolons. Le lieu de l'indifférenciation originelle, des deux principes, des polarités, de la synthèse des opposés, des complémentaires, le lieu où un seul être fait deux, d'où ille tire l'existence. Isome est à la fois mâle et femelle dans son corps et dans ses principes spirituels. Ille l'a toujours su, mais ille le découvre maintenant. Urgence 14; la milice est à pied d'œuvre. [*Mélange de sentiments discordants et incompatibles, dans le temple. La détestation tend vers l'intolérance. Les Pèlerins armés font des bruits de bouche pour marquer leur présence.*] Les yeux, l'espace nasal, le casque auriculaire; les régulateurs synaptiques, neuroleptiques, hypothalamiques; la bouche.

La bouche en forme d'œuf. Lieu de médiation entre l'intérieur et l'extérieur. Canal du souffle, de la parole et de la nourriture; du cri primal, des premières vocalises pour remédier à l'isolement et porter à distance l'expression du désir. Lieu d'avidité.

La main s'étire, glisse entre les menus objets sur le marbre et s'empare d'un fard pour les lèvres; puis, ses yeux en tête d'épingle rivés à son propre reflet dans la glace, souriant à sa fantaisie, Isome commence de retracer le dessin de ses lèvres avec le bâton de rouge. Il en met d'abord un peu, puis plus; et davantage. Bientôt, tout son visage s'illumine d'un immense sourire rouge, barbouillé, comme celui d'un enfant repu. Dans cet univers lisse, sans imprévisible, sans culpabilité et sans rédemption, où le mal est une douleur aseptisée, fallait-il vraiment qu'un événement aussi petit mette à découvert une telle rage de survivre!

Rouge. Principe de vie: rouge de vie-rouge de mort. Couleur androgyne qui attire et repousse. Couleur de feu qui absorbe et pénètre, intuitive et régénératrice, purificatrice. Foudre et soleil.

Soudain, une porte s'ouvre derrière Isome. Un profil écarlate explose dans le miroir. C'est Cara, furibonde, qui jette sa hargne sur le code; elle expulse un grand cri. En même temps, elle comprend le rapport entre la scène qui se déroule devant ses yeux et l'urgence 16 qu'on vient d'annoncer sur les ondes de classe. Urgence 16! Isome est donc en rébellion. Il y a un code rebelle et nu dans l'intimité de Cara, qui se travestit! [*Grognements divers dans le temple.*]

Ici, on ne saurait dire exactement ce qu'il y eut entre Isome et Cara au moment de la rencontre des corps; toute fiction est donc impossible. On sait seulement qu'Isome demeura dans les appartements de Cara plus d'un cinquaime, et jusqu'à l'urgence 18 — ce qui autorisait la milice à étendre son champ de recherche jusqu'aux aires les plus personnelles des théogéniciens et de leurs partenaires; qu'il s'enfuit de l'aire du grand Delmen avec l'aide de Cara et de codes rebelles et qu'ille se réfugia quelques cinquaimes dans les souterrains avec ces derniers. Ille apparut même à quelques reprises sur les para-ondes. Cara garda le silence le plus total sur ces événements jusqu'à la fin de sa vie. D'ailleurs, elle aurait voulu parler qu'elle n'aurait pu le faire, continuellement entourée qu'elle était par des technogènes armés et des Delméniens de la milice. Ce n'est qu'après sa mort que l'on trouva, dans un codicille à son testament, des indications concernant cette légende du rouge, propagée par les disciples d'Isome — et toujours considérée comme une hérésie par les Delméniens qui ne ratent jamais une occasion de dépeindre Cara comme une folle! Et d'autres indices, aussi, touchant la mort d'Isome.

Il m'a été donné de prendre connaissance de ce testament, qui m'a été communiqué par des hybrides rebelles, qui vénèrent la mémoire de leur sœur Cara. [*Long silence interrogateur, dans la foule, auquel se mêlent quelques rares sourires de douceur. Le Conteur sait que des rebelles, disciples de Cara, sont présents dans le temple. Cela le rassure un peu.*] Voici la fiction de la mort d'Isome.

Isome repose depuis des cinquaimes dans une cache souterraine au fond d'un jeu de couloirs aux ramifications inextricables. Ille escompte depuis quelque temps en apprendre davantage sur ses abîmes; mais comment espérer en savoir long sur soi-même quand on s'aperçoit soudain que l'on n'est rien? Isome se sent, dans l'infini mouvement de son aventure, dans la turbulence et la trépidation des fuites et des échappées, des abandons, voué à une extrême immobilité, à une totale désuétude. Ille reconnaît toujours autour de lui les êtres et les objets, mais plus leur signification. On veut lui faire quitter les galeries pour l'envoyer dans l'espace, là où, selon quelque prophète et astrologue Centurien, doit se manifester le Grand Guide qu'ille est en train de devenir aux yeux des codes et des rebelles de la galaxie. Mais pourquoi se transporter ailleurs, si ailleurs n'est qu'un ici de plus, un ailleurs de moins? objecte-t-ille.

C'est là que l'idée... qu'un aperçu solide même de la mort s'implanta dans la pensée d'Isome; mais presque trop tard, car la mort elle-même regardait déjà Isome dans les yeux, sous la forme d'un rayon mortel débouquant d'une main d'origine indéterminable. [*Des regards accusateurs se croisent dans tout le temple.*] Ille eut tout juste le temps de se raccrocher à une région particulière du désir de vivre. Ille y pensa si fort, en fait, jusqu'à refouler l'idée même de la mort, que le désir de réincarnation s'envola avec son esprit. Ce qui est une manière de dire, bien sûr, car l'esprit demeura emprisonné dans son système cérébral, tandis que la volonté de réincarnation s'éleva seule avec Isome. J'ajoute, cependant, pour le bénéfice des historiens, que cet épisode du rayon mortel est moins déterminant comme fait que par sa valeur mythique, car l'organisme d'Isome, j'en suis convaincu, allait s'éteignant de ne savoir vivre hors de la norme; nous allions perdre Isome de toute manière. [*Hébétude et acquiescements se partagent l'espace sur les visages.*]

La réincarnation d'Isome s'éleva donc au-dessus de tout le reste, de la matière comme du temps. Isome avait choisi de survivre avec tant de détermination qu'ille s'en allait renaître ailleurs. Et ailleurs encore. Et partout où l'on naît dans la mémoire d'Isome. [*L'assistance est plus divisée que jamais. Une parole, bien ou mal placée, provoquerait facilement la bagarre, la tuerie.*] La reproduction des Isoméens constitue encore un mystère pour les génologues, les généticiens, les théogéniciens et autres savants de la vie. Je pourrais vous expliquer les mécanismes de reproduction des codes, mais je ne saurais vous dire pourquoi Isome est en chacun d'eux.

Je ne saurais non plus vous expliquer comment Delmen continue de se multiplier à l'infini, comment il habite chacun de ces corps qu'il répète et diversifie maintenant au gré de sa fantaisie. [*Agitation dans le temple; le Conteur doit amplifier considérablement sa voix pour se faire entendre.*]

Tout ce que je sais, comme vous, c'est que la constellation du Grand Chien a donné naissance à deux lignées d'êtres qui peuplent davantage à chaque instant la galaxie [*La tension monte.*], qui mettent en péril la paix et l'équilibre cosmique. [*Les empoignades engendrent la fureur et les échanges de coups.*]

Isoméens, Dolméniens qui composez la presque totalité de cette foule; Isome, Delmen, qui habitez ces êtres, écoutez-moi... [*Au milieu du trouble, les opposants s'arrêtent, interdits. Hébétés.*] Je sais que vous êtes là en copies de vous-mêmes; nous vous avons voulu là. [*Stupéfaction, puis long glissement*

vers le silence! Les Pèlerins orthodoxes tournent leurs armes contre le Conteur.] Pourquoi n'envoies-tu pas tes milices, Delmen? Et toi, Isome? Vous qui ne pouvez pas ne pas avoir compris que tous les temples érigés à vos gloires sont remplis de vos doubles et de vos réincarnations, et que la même entreprise de destruction a cours, au moment où je vous parle, dans des centaines de milliers de ces temples à travers le cosmos... Je vais vous dire pourquoi. [*Une sorte de confusion muette règne chez les opposants.*] C'est parce que vous vous êtes trop multipliés, dominés par l'orgueil et la haine de vos dissemblables; vous n'arrivez plus à tout assimiler. Delmen! Tu te divises en toi-même. J'ai étudié la chose: depuis un centaime, tu ne peux plus savoir que partiellement qui tu es. Ceci est aussi vrai pour toi, Isome, qui ne sais même plus pourquoi tu es. [*Les Isoméens rejoignent les Delméniens dans la torpeur.*] Et avant que vous ne trouviez des solutions, des réponses à ces questions, avant que vous ne donniez un sens, plus dommageable pour l'équilibre cosmique, à vos désirs d'être... nous avons décidé de vous décimer. [*Stupéfaction et perplexité entremêlées. Qui est ce Conteur solitaire qui nous menace? Qu'on le détruise!*]
Nous refusons que ne survivent que deux êtres au monde, en milliards de copies. La quantité ne sera pas deux. Au nom des disciples de Cara, engagés dans la lutte contre vos prétentions hégémoniques, je vous extermine, comme le sont au même instant tant de vos semblables piégés comme vous dans vos propres temples. [*Delméniens et Isoméens*

se butent contre les défenses magnétiques. Les armes des Pèlerins orthodoxes ne servent à rien, ni les pouvoirs psychiques des Pèlerins Méditatifs. La commotion s'accentue.] Et ce n'est qu'un début.

Delmen, retire-toi de tes copies. [*Quelques disciples de Cara égarés dans la foule reprennent à haute voix les adjurations. Ils sont aussitôt égorgés.*]

Isome, retire-toi de tes êtres. [*Des gaz cinétiques commencent de s'échapper de ce que tous avaient cru être une cassette et des bijoux, des gaz qui poursuivent Delméniens et Isoméens, qui fouillent les visages pour s'insinuer dans les corps.*]

Delmen, retire-toi de tes copies. [*Le Conteur, suivi de ses auxiliaires, sort par les jardins du temple en laissant derrière lui des corps déjà abandonnés qui n'attendent qu'un dernier soubresaut pour oublier qu'ils ont été.*]

Isome, retire-toi de tes êtres...

La septième plaie du siècle

Une image me retenait prisonnier
[...]
Ludwig Wittgenstein

Un corps est où il agit [...]
Gottfried Wilhelm Leibniz

De leur réveil, à mille et une nuits de la fin d'un millénaire, il faut au début parler. Un peu plus tôt, les deux opérateurs ont été brusquement extirpés d'un sommeil artificiel, proche de la perte d'identité. Ils se sont découverts, quasi déçus, dans l'astronef-éclaireur, toujours le même! dérivant dans un lieu mal connu de la galaxie. Ils n'ont pas eu le temps de renouer qu'il leur a fallu répondre à une situation d'urgence survenue durant leur absence, et qui a motivé que l'ordinateur les réveille. «Je me serais passé d'un tel état de panique», lit-on sur un visage.

« L'affaire nous aura remis en vie », soupire l'autre, qui est installé aux commandes. Mais en vie, ils le sont surtout de corps; l'esprit, lui, ne peut presque rien faire remonter de personnel à fleur de mémoire. Des particularités de caractère, des inclinations, des habiletés, des pans de vie entiers se sont dissipés par défaut de fixation. « Te souviens-tu qu'on ait déjà tenté d'assolir d'urgence sans l'assistance de Witt ?

— Est-il certain que je me sois déjà associé à lui, même distraitement, pour des manœuvres de contrainte ? »

Ils se tournent du côté de l'ordinateur pour l'interroger sur ce qu'ils ignorent de la situation, c'est-à-dire presque tout. Mais Witt ne répond qu'à certaines commandes de gouverne, qu'il trie en fonction de la dépense d'énergie requise, et qu'à des demandes de renseignements essentiels; à peine il a la force de se plaindre, et même courtement, que le navire dérive dans l'amas central de la galaxie et qu'il n'y peut rien tant la dernière salve quantummatique antarésienne l'a sévèrement touché en son point le plus faible.

Craignant d'être trompés par Witt, dont ils n'ont pas souvenir du caractère, les explorateurs s'essayent à faire preuve d'autorité, mais c'est peine perdue. Désemparés, ils le supplieraient jusqu'à exhiber leur totale dépendance, si ce n'était le silence sec que leur oppose l'ordinateur, qui de toute façon n'a jamais eu de penchant pour la négociation.

Au hasard de l'inquiétude, qui risque à tout moment de se transformer en affolement, une main se pose sur une épaule; un frémissement s'ébranle, puis un autre qui lui répond. Une sensation indicible accompagnée d'une impression de déjà-vu passent dans les regards. Mais ce n'est pas le moment de vérifier la compatibilité ni des humeurs ni des organes...

Witt a évalué, dès le commencement du voyage, quand ses opérateurs se sont mis à faire lit et table ensemble, ce qui est contre la conviction programmée des ordinateurs de l'Exil solarien, que leur mission ne serait pas à l'abri de décisions douteuses, et qu'eux-mêmes, de ce fait, seraient plus exposés aux menaces de l'espace; il a donc profité d'abord de leur distraction pour s'approprier de commandes habituellement partagées, puis de quelques occasions de calme plat pour leur appliquer des narcothérapies, quatre en tout depuis le début de la mission. Les trois premières fois, les opérateurs ont mis peu de temps, par une sorte de rémanence de leur penchant, à se découvrir à neuf; mais cette fois, le sommeil, quoique écourté par une urgence, a été plus profond. Les opérateurs ont failli s'engloutir irréversiblement dans l'origine. Ils savent moins que jamais ce qu'ils sont. Les lacunes de la mémoire différée les dévorent.

« Sauras-tu tenir la barre ?

— Je n'ai pas avalé les instructions par cœur, mais...

— Si on allait s'échouer !

— Je crois qu'on peut se débrouiller, si on a ce qu'il faut dans le ventre.»

Leurs voix sont un affleurement continu; ils se tiennent proches d'un geste; mais la situation, mais l'urgence fait qu'aucun répit n'est pour l'instant possible. On n'a pas le temps de demander à Witt une explication sur ce trouble commun ou un congé de manœuvre pour discuter de la question...

Malgré le coup du sort, le silence contribue à rabattre irrésistiblement l'attention des explorateurs sur la perception des corps: une glande saillante à la base du cou, la fossette délicate d'une joue, comme l'empreinte d'un dard, une main étreinte prenant la forme d'un oiseau blessé... Parler pour ne presque rien dire sert d'émonctoire au trouble. «On se demande sur quel nœud de complications on va se poser.

— Il faut faire confiance au hasard, c'est tout le sens de l'aventure...

— Mais c'en est assez, de l'aventure! Après tout, il y a exigence de repos même chez les guerriers...

— Tu as d'autant plus raison que sous nous, il y a justement une planète qui a toute la forme d'une invite.»

Malgré les paroles, les attitudes suspectes de récidive amoureuse, l'ordinateur s'est apparemment détaché de la vie du navire. En réalité, il continue de le guider, sauf qu'au lieu de commander directement à l'engin, il préfère agir sur les deux intermédiaires qu'il considère d'ailleurs, sans trop savoir pourquoi, comme... le dirait-il?... une partie de lui-même! En agissant ainsi, Witt ménage l'énergie. Cela lui importe, car la rafale quantummatique a endommagé jusqu'à son multiplicateur, hypothéquant la majeure partie de ses fonctions et lui faisant perdre plus des trois quarts de sa capacité. Il lui faut choisir, donc abandonner des tâches. La conduite de l'esquif est l'une d'elles, la gouverne des émotions, une autre.

«Hé! On descend trop rapidement! Appelle de la puissance!

— De la puissance, de la puissance! Je ne veux que ça, moi!»

L'ordinateur perçoit cette demande comme une blessure supplémentaire. Il lui faut veiller à la survie du navire, donc laisser le répartiteur satisfaire aux exigences des réacteurs. Mais en même temps, il lutte pour la conservation, même partielle, de certaines de ses autres fonctions. Il abandonne malgré lui les détails, ne sauvant que quelques modèles à partir desquels, si la situation se rétablit jamais, il pourra reconstituer les grands ensembles qui depuis toujours l'agissent.

«De la puissance, de la puissance...

— On est au bout de notre puissance!»

Au fil de la débandade, des formules complètes disparaissent de la mémoire de Witt, des programmes de manœuvres s'effacent. Étrangement, l'astronef compact se pose sans fracas. Il n'y a qu'un léger fredon de poussière déplacée. Puis d'autres circuits sautent; des sections entières de l'ordinateur sont mutilées. «Vite, les extincteurs!

— Où sont-ils?

— Je ne sais pas...

— Witt, fais quelque chose!»

En désespoir de cause, l'ordinateur dépense un peu plus d'énergie pour enrayer lui-même l'effet de la déflagration. Il en perd jusqu'à la voix! Une partie de la suite de cet incident s'accompagne d'un grésillement importun. Un humain, ici, gémirait.

Les deux éclaireurs ont développé des attitudes tout à fait conséquentes à leur déveine. Ce n'est pas tant la solitude qui pèse sur ce qui leur sert d'âme que la compréhension des faits qui leur revient peu à peu. Le multiplicateur d'énergie a flanché au pire moment de la décharge quantummatique. La réparation exigera d'autant plus de temps qu'ils sont peu outillés, inexpérimentés et dans une curieuse méforme intellectuelle et morale. Leur première décision, toutefois, et en cela ils répondent, comme sous l'effet d'un réflexe conditionné, à la règle d'or des naufragés de l'espace, est d'analyser ce raisin bleu suspendu au cœur d'une grappe détachée du réel, cette planète apparemment désertique sur laquelle ils viennent de se poser.

Dans l'instant qui suit, ils entreprennent donc un double travail de relevé de données sur l'environnement et de restauration du multiplicateur d'énergie, comme quoi leur mémoire associative n'a pas été touchée. Le temps glisse ainsi entre le bruissement sifflé de l'ordinateur, à peine ponctué de déclics rappelant l'âge de la mécanique, et de vibrations sourdes sorties tout droit de l'ère de l'électromagnétisme. Bientôt, l'énigme de la force motrice commence de faire place à une parcelle de compréhension, en même temps que le multiplicateur retrouve son seuil de fonctionnalité, et Witt un peu, oh! un tout petit peu de ses aises...

Puis le cours des événements se modifie et les voyageurs procèdent à ces constatations: d'une part, que l'environnement a brusquement mis au point une stratégie d'autodéfense qui le rend apparemment impénétrable; d'autre part, que cela n'a plus beaucoup d'importance, puisque l'ordinateur a maintenant recouvré le contrôle de sa régénérescence. On pourra bientôt retourner vers la flotte solarienne de l'Exil stationnée au-delà d'Antarès.

Witt retrouve en effet l'administration de la plupart de ses fonctions, mais certains programmes ont à ce point souffert, dans l'incident, qu'il n'en retrouve plus nulle trace. La partie « histoire » de sa mémoire, par exemple, a été réduite au minimum. Et c'est justement au moment où il cherche au fond de ses entrailles un sens à donner au modèle général qu'il recèle toujours que surgit ce qui va provoquer la fin de tant de choses... qui sont peu, à bien y penser, dans la perspective du grand tout cosmique. Witt récapitule les six plaies du siècle. Un: l'érosion systématique des ersatz d'ozone, la vie sous cloche dans tout l'Empire solarien; deux: la dernière guerre solarienne, la vie souterraine; trois: l'arrivée des Antarésiens, la vie sous leur férule, puis l'arrivée des Arcturiens et la première guerre Antarès-Arcturus; quatre: l'ère des holos et la révolte des robots; cinq: la deuxième guerre Antarès-Arcturus en zone solarienne; six: l'Exil des huit mille supervaisseaux solariens, pour un tiers terriens.

Soudain, l'histoire, sous la forme ténue d'une simple vision, vient amorcer sa bombe sous les yeux des deux passagers.

« Qu'est-ce que c'est qui est là, à côté, et qui n'y était pas il y a un instant ? »

Une forme familière vient d'apparaître près du vaisseau; c'est un astronef-éclaireur d'un type bien antérieur au leur. Il est là, simplement, posé à la surface du mystère, comme le discours imagé en attente dans la bouche du conteur, encadré dans une nature tout à coup plus diversifiée, plus présente.

« Si au moins on avait un holomètre...

— Ah oui! Ta crainte des holos! Ça me revient...

— Je ne comprends pas qu'on prive les explorateurs de cet instrument. C'est scandaleux! Depuis la Loi sur les détecteurs privés, on ne se distingue plus des robots ou des holos!»

Les deux opérateurs échangent des regards différemment agités. L'un ne voit pas que ça puisse ne pas être holographique; l'autre en doute, ou il s'en moque.

«Les holos et les robots sont si sophistiqués! Crois-tu vraiment qu'un simple détecteur puisse les découvrir?

— De toute manière, il faut aller voir ce qu'il y a là-dedans.

— Est-ce vraiment nécessaire?»

L'un se glisse dans sa bulle de sortie en serrant les dents de colère, l'autre montre un visage plutôt crispé par l'angoisse. Dans l'esprit du premier flotte l'espoir de trouver dans le vaisseau fantôme un compteur holographique, dans celui de l'autre, l'obsession phobique de découvrir des corps décomposés. L'un ne porte pas vainement sa pensée dans la direction indiquée; l'autre, oui.

«J'ai déjà entendu dire que les holos et les robots ne se différenciaient plus eux-mêmes des humains, ni même entre eux...»

Tandis que l'un s'étonne qu'il n'y ait ni âme qui vive ni corps décomposés à bord, l'autre y découvre un modèle ancien de lecteur de matière, comprenant un détecteur d'holos, qu'il met délicatement en action, comme il avalerait une nourriture sacrée. Au bout d'une série d'accommodations et de grimaces, celui-là déchire un cri et s'y raccroche: «C'est insensé!»

Le plus terrorisé, respectueux de l'apparence d'aplomb de l'autre et sans doute profane en matière de détection, reste à l'écart; il voit mieux ainsi, s'exprimant sur le visage de l'autre, d'abord une certaine incrédulité, puis de l'affolement, et enfin la torpeur, la vraie, celle qui engourdit tout le corps.

«C'est pas possible! Y a pas que le vaisseau qui serait holographique!»

Dans le ciel bleu d'œdème, des millions d'astres se renvoient à l'infini des images d'eux-mêmes.

«Il y a aussi... aussi... tout ça! La planète!»

Tout autour du vaisseau, l'enserrant de partout comme une proie naïve, un horizon sombre semble émerger de l'envers du vide.

«Tu ne vas pas te fier à cet appareil, qui serait à l'en croire lui-même holographique. Il est peut-être là depuis... depuis... T'es sûr de ce que tu dis?»

Au loin, aussi, des pierres géantes disputent l'espace à des bandes de lumière empoussiérées que des monticules opaques endiguent.

«Mais lis toi-même: l'appareil indique qu'il n'y a pas la moindre trace de matière sur cette planète! En fait, qu'il n'y a pas de traces de véritable planète!»

Plus près, d'autres concrétions colorées réfléchissent l'envie des étoiles de pâlir la nuit.

«Même le vaisseau, le nôtre, ne serait que le reflet d'une idée! C'est impensable!»

Sous les astronefs, une apparence de matière inerte et sèche, d'une lividité de verre, absorbe toute lumière.

«Ah non! Ne pointe pas cet appareil sur moi...»
La planète se cherche une image. Les deux explorateurs de l'espace, eux, refusent la leur, d'autant plus qu'ils ne sont que cela, la représentation de quelque créature qui les a créés à leur image. Witt, qui leur communique la vie comme des ficelles transmettent à la marionnette mécanique les désirs du manipulateur, tente un geste ultime pour leur insuffler un peu d'espoir. Mais le désenchantement, la désespérance même des deux créatures est déjà plus solide que les ficelles de ces humains du défunt Empire du Soleil, ces bêtes apatrides traquées par tout l'espace dans leurs propres fantasmes. L'ordinateur ne peut retenir plus longtemps leur vie... ni celle de la planète, qui, n'étant plus spectacle, n'est plus.

Les deux créatures s'effacent de ce vaste univers par l'effet de leur propre chagrin, sans fracas. L'ordinateur ne module qu'un léger bruit tout intérieur que la flotte de l'Exil démodule presque aussitôt. Or, de tels messages arrivant de partout, un peu plus tard on annoncera la septième plaie du siècle: la dépression des holos.

Repères bibliographiques

Ces nouvelles ont fait l'objet d'une publication antérieure, sous une forme plus ou moins différente:

— « Le champ du Potier », *Contes et Récits d'aujourd'hui*, Montréal / Québec, XYZ éditeur / Musée de la Civilisation, 1987.
— « Joseph K... inquiété par un atermoiement », *XYZ, la revue de la nouvelle*, n° 21, février 1990.
— « Copie qu'on forme », *XYZ, la revue de la nouvelle*, n° 28, septembre 1991.
— « Très étrange », *XYZ, la revue de la nouvelle*, n° 13, février 1988.
— « Le "aum" de la ville », *Dix Contes et Nouvelles fantastiques*, Montréal, Les Quinze, 1983.
— « La leçon », *Passages*, n° 14, hiver 1988.
— « Carnet sur la fin possible d'un monde », *L'Année de la science-fiction et du fantastique québécois: 1989*, Québec, Le Passeur, 1990.
— « Les lignées du Grand Chien », *imagine...*, n° 21, avril 1984.
— « La septième plaie du siècle », *imagine...*, n° 12, printemps 1982; *Les Années-lumière*, Montréal, VLB éditeur, 1983; *Pour changer d'air, récits de la Belgique romane, de la France, du Québec et de la Suisse romande*, Commission du français langue maternelle, Québec, Fédération internationale des professeurs de français, Québec, 1987; *Anthologie de la science-fiction québécoise contemporaine*, Montréal, Fides, coll. « BQ », 1988.

TABLE DES NOUVELLES

Cet ouvrage composé en Cheltenham corps 12 sur 14
a été achevé d'imprimer
en septembre mil neuf cent quatre-vingt-douze
sur les presses de l'Imprimerie d'édition Marquis ltée,
Montmagny (Québec)